따뜻한 리더,
교황 프란치스코

일러두기

• 이 책은 2013년 3월에 이탈리아에서 첫 출간된《FRANCESCO INSIEME》를 같은 해 미국에서 영어로
  번역 출간한《FRANCIS, POPE OF A NEW WORLD》를 우리말로 옮긴 것입니다.

호르헤 베르고글리오의 삶과 생각을 통한 진정한 리더의 의미

따뜻한 리더,
교황 프란치스코

안드레아 토르니엘리 지음 ｜ 이순미 옮김

서울문화사

차례

3부 언행이 일치하는
도덕적 지도자

4부 부드러운 혁명가,
프란치스코

2013년 3월 13일 저녁, '지구 끝까지 가서' 교황을 뽑은 뒤부터 사람들은 프란치스코 교황의 말씀, 행동, 간증이 전 세계 많은 사람들의 마음을 움직이고 감동을 주고 있음을 깨닫고 있습니다.

성 베드로 성전 중앙에 모습을 드러낸 교황이 광장에 모인 사람들에게 주님의 기도, 성모송, 영광송을 청하던 그 저녁의 순간을 기억해봅시다. 그는 새 교황이 되어 전 세계 사람들에게 축복을 내리기 전에 군중—하느님의 백성—에게 자신을 위한 기도를 부탁했습니다.

선거는 전임 교황 때처럼 신속하게 이루어졌고 결과 또한 놀라웠습니다. 이미 지난달에 베네딕토 16세 전임 교황이 사임을 알리는 역사적 발표로 사람들을 놀라게 했습니다. 베네딕토 16

세는 2,000년 교회 역사에서 늙은 나이를 이유로 사임한 첫 교황입니다.

프란치스코 교황이 이념적으로 대립하는 단체에까지 관심과 호감을 불러일으키는 데에는 두 가지 요소가 작용합니다. 그리고 새 교황에 대한 관심과 호감은 미디어의 입발림이 끝나가도 줄어들 것 같지 않습니다.

그 요소는 복음에 대한 개인적 간증의 메시지입니다. 일상에서 크고 작은 행동, 사람들을 만나고 대화하는 능력, 자신을 있는 그대로 보여주는 행동이 그를 믿을 수 있고, 쉽게 다가가게 합니다. 세계의 많은 사람들은 교황이 자기와 비슷한 사람이라고 생각합니다.

우리는 아픈 사람, 고통 받는 사람, 어린이들과의 포옹을 생각합니다. 우리는 수요일 일반 알현 전후에 사람들과 만나는 시간을 생각합니다. 교황은 매주 수요일 한 시간 30분 동안 사람들과 만나 인사합니다. 그리고 지난 11월 바티칸에서 수백만 명의 병든 사람들을 볼 수 있었습니다. 프란치스코 교황은 두 시간 넘게 그들과 일일이 인사했습니다.

이렇게 말하는 사람들도 있습니다.

"교황은 저것 말고 더 좋은 할 일이 없나?"

굳이 내가 대답하자면, 교황에게는 그곳에 있는 것이 더 좋은 일이었을 것입니다.

교황은 모든 로마의 본당 교회, 바로 자신의 교구를 방문했습니다. 일요일 오전에는 12시에 삼종기도가 있어 미사를 봉헌하고 서둘러 본당을 떠나야 하는 제약이 있었습니다. 그러자 프란치스코 교황은 일요일 오후에 방문해서 원하는 만큼 머물렀습니다. 본당에서 세 시간을 보내면서 마지막 사람까지 모두 인사하게 된 것입니다.

목자는 '양의 냄새'를 맡을 수 있어야 하고, 맨 앞에서 사람들을 이끌고, 그들을 이해하고, 희망과 공포를 함께 나누어야 합니다. 그리고 뒤에서는 사람들이 길을 잃지 않도록 해야 합니다. 그것이 사람들 가까이에 있고, 물질적, 육체적, 영적 어려움을 겪는 이들에게 뺨을 댈 수 있는 교회의 이미지이자 간증입니다.

다정함을 두려워하지 않는 교회의 간증은 요셉 성인이 보여준 조용한 다정함입니다.

"우리는 다정함을 두려워하지 말아야 합니다."

프란치스코 교황은 로마 주교로 임명될 때 이 말을 반복했습니다. 2013년 12월 15일 〈라 스탐파 La Stampa〉와 '바티칸 인사이더 Vatican Insider'에 실린 나와의 인터뷰에서도 이 말을 거듭 강조했습니다.

기독교인이 희망과 다정함을 잊으면 냉담한 교회가 됩니다. 하느님은 "전진하라. 내가 너를 어루만지는 아버지다"라고 말하는데도 냉담한 교회는 방향을 잃고, 이념과 세속적인 태도로 뒤로 물러섭니다.

저는 기독교인이 희망과 포용력을 잃고 다른 사람에게 사랑스러운 손길을 뻗지 못할까봐 두렵습니다. 그래서 어린아이와 노인에 대해 자주 이야기하는지도 모르겠습니다. 이들이 가장 무방비 상태에 놓여 있기 때문입니다. 교회에서 성직자로 사는 동안 언제나 다정함을, 특히 아이와 노인들에게 보여주고자 했습니다. 하느님이 저에게 보여주신 다정함을 떠올리면서 말입니다.

교황의 첫 해를 구분 짓는 특징으로 그의 '겸손함과 친밀함', 기독 신앙의 기본으로 돌아가는 자세, 적극적인 복음화를 꼽을 수 있습니다. '마음을 훈훈하게' 하는 친밀함은 2013년 교황이 첫 번째 여행으로 이탈리아 람페두사 섬에서 낡은 배를 타고 왔던 이민자들을 방문할 때 엿볼 수 있었습니다. 그리고 리우데자네이루의 빈민가를 방문할 때 정점을 찍었습니다.

2013년 5월 성령강림절 전야에 프란치스코 교황은 말했습니다.

밖으로 나오면 가난을 쉽게 볼 수 있습니다. 오늘날—이런 말을 하는 것이 가슴 아픕니다—추위에 얼어 죽은 여인이 발견되었다는 소식은 뉴스도 아니지요. 먹을 것이 없어 굶주리는 어린이들이 많다는 것도 뉴스거리가 아닙니다.
이것은 정말 심각한 문제입니다. 정말 심각해요! 우리는 이런 일을 도저히 견딜 수 없습니다. 하지만 세상만사가 그렇지요. 우리는 냉정한 기독교인, 아무 일 없다는 듯이 차를 마시며 신학적인 문제를 이야기하는 잘

난 기독교인이 되지 말아야 합니다. 안 됩니다. 용감한 기독교인이 되어 그리스도의 살로 이루어진 백성을 찾아 떠나야 합니다.

베르고글리오 교황이 지구의 저 끝, 아르헨티나 출신이라서 이렇게 행동하고 말한다고 주장하는 것은 잘못되었다고 생각합니다. 부에노스아이레스가 어떤 도시인 줄 안다면 더 그럴 것입니다. 교황은 세상 끝에서 왔지만, 그곳은 여러 가지 어려움과 부정이 존재하는 현대사회의 전형적인 도시이기 때문입니다.

베르고글리오는 여행을 많이 다니지 않습니다. 주교로서 여행을 할 때마다 자기 교구를 아내라고 부르며 돌아가고 싶은 마음을 표현했습니다. 그는 여행을 많이 다니지 않았지만 자기 교구에 세계가 담겨 있었습니다. 다른 기독 신앙 분파, 다른 종교, 세속화의 도전, 자본주의의 결과, 불평등, 가난……

여러분이 지금 들고 있는 이 책은 새로운 교황의 삶과 생각을 전하고자 노력했습니다. 1년이 지난 이 시점에서 그 약속은 유효하다고 생각합니다. 아시아의 젊은 사람들을 만나기 위해 한국을 방문하는 것은 이 여정의 새롭고도 중요한 국면이 될 것입니다.

2014년 5월
안드레아 토르니엘리

새로운 세계,
새로운 리더가 탄생하다

2013년 3월 13일 수요일, 나는 파세토 디 보르고에 있
는 로베르토 식당에서 동료들과 식사를 했다. 평소처
럼 채소를 곁들인 칼라마리를 먹으며 늦은 아침에 나
오는 검은 연기를 보고 있었다.

그런 다음 바르베리니에 있는 〈라 스탐파〉 편집실로 돌아왔
다. 신문사가 멀티미디어 웹사이트를 운영하게 된 뒤로 기자들
은 텔레비전 생중계, 시청각 서비스까지 제공해야 한다. 상사는
"저녁에 하얀 연기가 나면 즉시 라이브 스트리밍 중계로 이에 대
한 논평을 해야 해"라고 일러두었다.

추기경들은 그날 하룻동안 외부 사람들과 연락하지 못하고 침
묵을 지켜야 했다. 고위 성직자들은 그저 콘클라베(교황 선거)가
'어렵다', '확실하지 않다'는 예측만 할 뿐이었다. 확실히 2005년
베네딕토 16세가 뽑힐 때보다 더 오래 걸렸다. 8년 전 교황청 신

앙교리성 장관 같은 강력한 후보가 없었기에 266번째 로마 주교 선출은 더 험난하고 시간이 오래 걸렸다.

그런데 그날, 친구이자 동료인 제라르 오코넬이 미리 귀띔해 주었다.

"오늘 저녁에 교황이 선출될 수 있을 것 같아."

그날 아침 나는 가방에 《예수회 El Jesuita》라는 작은 책자를 넣어 가지고 왔다. 세르히오 루빈과 프란체스카 암브로게티가 부에노스아이레스의 추기경을 인터뷰한 내용을 엮은 책이다.

교황 후보 가운데 내가 가장 잘 아는 사람은 부에노스아이레스의 베르고글리오 추기경이었다. 나는 2012년 2월 〈라 스탐파〉의 테마별 웹사이트인 '바티칸 인사이더'에 그와 인터뷰한 내용을 실은 적이 있다. 그리고 지난 몇 년 동안 베르고글리오 추기경이 가끔 로마에 오면 만났다. 교회의 삶에 대해 몇 번 이야기를 주고받으며 꾸준히 친분을 쌓았고, 그의 사제로 부에노스아이레스의 빈민촌 비야스 미세리아스에서 복음을 전하는 페페 신부를 로마의 우리 집으로 초대하기도 했다.

베르고글리오의 겸손함, 확고한 믿음, 진실한 말은 언제나 감동을 준다. 그의 말을 듣고 있으면 사람들의 마음이 열리면서 신의 자비를 온몸으로 받아들이게 된다. 나는 블로그에 실은 내 기사나 생각을 그에게 보내면서 나를 위한 기도를 부탁하곤 했다. 베르고글리오 추기경은 만나고 헤어질 때면 언제나 이렇게 부탁하기 때문이다.

"기도해주십시오. 저를 위해 기도해주십시오."

나는 로마에서 평생지기 쟌니 발렌테와 스테파니아 팔라스카 옆집에 살았기 때문에 그의 가족과 베르고글리오 신부와의 끈끈한 우정을 볼 수 있었다. 나 역시 사제로서 그의 경험과 이야기,

그를 사랑했던 신앙심 깊은 사람들과의 만남에 대해 들을 수 있었다.

사람들은 베르고글리오 신부를 자기와 같은 부류라고 생각했다. 자기들 위에 군림하는 사람이 아니라 신을 섬기는 사람. 신성 권력을 휘두르는 사람이 아니라 함께 나누는 사람. '믿음을 조정하는' 것이 아니라 자비로운 웃음으로 사람을 끌어들이는 사람. 더 쉽게 예수를 만나게 해주는 사람. 친근함, 자비, 온화함, 인내 등은 베르고글리오 신부의 가르침들이다. 그는 몇몇 사제가 결혼의 신성 서약을 하지 않았다고 미혼모의 아이들에게 세례를 주지 않는 사실에 매우 큰 슬픔을 느꼈다고 한다.

콘클라베의 시작이 가까워오는 동안에도 그는 평온한 모습이었다. "밤에는 아기처럼 잠을 잘 잔다"라고 쟌니와 스테파니아에게 말할 정도였다. 그는 부에노스아이레스로 돌아가 승천축일

성목요일(부활절 전주 목요일)에 있을 설교를 준비하고, 유대인 단체와 한 약속을 어기고 싶지 않다며 이미 3월 23일에 돌아갈 비행기를 예약했다고 했다.

"배우자에게 돌아가야 합니다."

베르고글리오 신부는 얼굴에 미소 지으며 자기 교구를 배우자라고 불렀다. 그는 부에노스아이레스의 교회를 사랑하고 받드는 자신의 부인으로 생각했다. 콘클라베가 시작되기 전까지 신이 그를 위해 어떤 계획을 가지고 있든, 그는 신의 의지에 자신을 맡기며 그 어느 때보다도 평온했다.

아마도 그것이 내가 3월 13일 오후 사무실에 도착하자마자 헤드폰을 끼고 런던 심포니 오케스트라가 연주하는 파헬벨의 유명한 '캐논'을 들으며 그에 대한 글을 쓰기 시작한 이유일 것이다. '캐논'은 베르고글리오와 친구들과 함께 하프 연주로 들었던 곡이다.

오후 4시 5분, 갈매기 한 마리가 시스티나 성당 지붕에 있는 청동 굴뚝을 왔다 갔다 했다. 그러고는 하얀 연기가 뿜어져 나왔다. 교황이 선출된 것이다. 이제 동료 파올로 마스트로릴리와 함께 〈라 스탐파〉의 웹사이트에 라이브 스트리밍 비디오 서비스를 올려야 할 시간이었다. 사이트를 보는 사람들에게 어떤 일이 벌어지고 있는지 알리면서 결과를 기다렸다.

장 루이 토랑 추기경이 발표했다.

"교황이 선출되었습니다(하베무스 파팜 Habemus Papam : 영어로 '새 교황이 탄생했다'는 뜻)."

그리고 이름의 첫 음절을 말하기 시작했다.

"호……."

그 소리를 듣자마자 나는 "베르고글리오!"라고 소리쳤다. 나는 그의 삶, 그의 이야기, 주교로서의 자세, 검소함, 겸손함, 교회의 '영적 세속성' 비판 등을 말하기 시작했다.

"라이브 중계를 하면서 어떻게 울지 않았어요? 우리 모두 울었는데……."

밀라노에 있는 아내가 스카이프로 통화하며 내게 했던 말이다.

프란치스코 교황의 검소함, 사람들의 축복을 받기 위해 머리를 숙이는 겸손한 몸짓, 자연스러운 인사 '보나세라', 로마의 주교이자 교황이 되어도 그는 여전히 변함없을 것이라는 믿음이 수백만 신도의 마음에 전해지고 있었다.

그는 흰 담비로 덧댄 붉은 망토나 빨간 신발을 원하지 않았다. 자신의 낡은 철 십자가와 소박한 반지도 바꿔 끼지 않았다.

다음 날, 그는 보안 요원과 수행원을 거느리지 않고 성모마리아 대성당에 있는 '로마 백성의 구원 성모상' 앞에서 기도를 드렸다. 베르고글리오 신부, 프란치스코 교황, 예수회에서 나온 첫 교황, 첫 남미 출신 교황, 처음으로 아시시 성인의 이름을 딴 교황. 교황이 된 지 얼마 되지 않았지만 그의 작지만 커다란 몸짓과 말들로 사람들은 오늘날 예수그리스도를 증언하는 것이 어떤 의미인지 이해할 수 있었다.

"비관론에 굴복하지 않도록 합시다."

클레멘스 홀에서 열린 추기경과의 만남에서 그는 이렇게 말했다.

"매일 사탄이 우리에게 전해오는 괴로움에 절대 굴복하지 맙시다. 비관론이나 낙담에 굴복하지 맙시다. 세상 끝까지 복음을 전할 수 있도록, 성령이 강력한 숨결로 교회에 어려움을 견디고 복음을 전파하는 새로운 방법을 찾을 용기를 주실 것을 믿읍시다."

3월 13일 저녁, 세상은 이것을 확실하게 입증해 보였다.

1부

세상은 새로운 리더를 원했다

1장

교황 프란치스코를
맞이하다

성베드로 광장은 우산을 쓴 사람들로 가득했다. 수천만 명이 비가 오는 추운 날씨에도 시스티나 성당의 청동 굴뚝이 대답해주기를 몇 시간 동안 기다리고 있었다.

첫날 저녁 4시 30분, 베네딕토 16세(본명 요제프 라칭거)의 후임 교황을 뽑기 위해 소집된 115명의 추기경들은 붉은색 사제복을 입고 바오로 성당에서부터 시스티나 성당까지 장엄하게 행렬했다. 비밀 서약과 프로스페르 그레크 추기경이 집전한 묵상을 마친 뒤 추기경들은 첫 투표를 시작했다.

처음에 나온 검은 연기는 당연한 결과였지만 사람들은 여전히 목을 길게 빼고 투표 결과를 기다리고 있었다. 까마귀 색 연기가 말해주듯이 아직 아무도 3분의 2에 해당하는 77표를 얻지 못한 것이다.

3월 13일 수요일, 시작을 알리는 하얀 연기가 나온 이후에 연기는 회검정색이 되었다. 두 번째, 세 번째 투표가 이어졌다. 이

것 역시 어느 정도 예상한 결과였다. 지난 수백 년 동안 세 번째 투표에서 교황이 결정된 것은 1939년 3월 에우제니오 파첼리(비오 12세)가 유일하기 때문이다. (그 당시 전쟁이 임박했기 때문에 추기경들은 비오 11세의 충직한 교황청 국무원장을 신임 교황으로 뽑았다.)

미디어 관계자들과 믿음으로 충만한 군중들은 미켈란젤로의 아름다운 작품인 '최후의 심판' 프레스코화가 있는 시스티나 성당 지붕 아래에서 어떤 일이 벌어지는지, 또 그들이 머물고 있는 성녀 마르타의 집에서 점심을 먹는 동안 어떤 일이 일어나는지 궁금해했다.

그날 오후, 길고 어려운 선거가 될 거라는 예상에도 선거는 윤곽이 잡혀가는 듯했다. 2005년 4월 요제프 라칭거도 네 번째 투표에서 선출되었다.

하지만 그날 오후 첫 투표에서도 교황이 결정되지 않았다. 오후 5~6시에도 하얀 연기가 나오지 않았는데, 이는 추기경들이 그날의 네 번째 투표를 마치고 다섯 번째 투표에 들어간다는 뜻이었다.

오후 7시쯤 하얗지도, 검지도 않은 연기가 나왔다. 몇 분 후 갈매기 한 마리가 굴뚝 꼭대기에 가만히 앉아서 움직이지 않았다. 30분 동안 바티칸 성당 앞 광장에 마련된 커다란 스크린에 갈매기가 비춰졌다.

한 사제가 이를 보고 말했다.

"좋은 징조는 아닙니다. 성령을 상징하는 새는 비둘기지 갈매기가 아니거든요. 아직 결정나지 않았다는 뜻입니다."

하지만 사람들은 외적, 인간적인 이유를 뛰어넘는 어떤 기대감을 느끼고 있었다.

오후 7시 5분. 처음에는 투명하더니 점점 짙어져 하얀 연기가 굴뚝에서 나오기 시작하자 군중들은 환호하기 시작했다. 아직은 이름도, 얼굴도 모르지만 새로운 교황이 탄생한 것이다.

그 순간 비가 멈췄다. 신임 교황이 나오기를 기다리는 시간이 길게만 느껴졌다. 마침내 성 베드로의 거대한 중앙 로지아(발코니)의 커튼을 젖히고 장 루이 토랑 선임 부제급 추기경이 군중 앞에 나타나 새롭게 당선된 교황의 이름을 알렸다.

"Annuntio vobis gaudium magnum, Habemus Papam, Eminen-
tissimum ac Reverendissimum Dominum, Georgium Marium,
Sanctae Romanae Ecclesiae Cardinalem Bergoglio, qui sibi nomen
imposuit Francisum."("매우 기쁜 소식을 발표하겠습니다. 새 교황이
선출되었습니다. 지극히 탁월하고 공경받으실 분, 거룩한 로마 교회의
추기경 호르헤 마리오 베르고글리오이십니다. 이 분은 자신을 프란치스
코라 이름 지었습니다.")

'Georgium Marium'만으로 신임 교황은 76년 전 피에몬테의 이민자 가정에서 태어난 부에노스아이레스의 추기경이자 예수회 대주교임을 충분히 알 수 있었다.

바티칸 프란치스코 교황 즉위식. 2013년 3월19일 바티칸 베드로 광장에서 새 교황의 즉위식을 위한 즉위미사를 하고 있다.

처음에 사람들은 이름이 낯설어서 조금 당황했다. (페리클 펠리치 추기경이 카롤 보이티야(요한 바오로 2세)를 새 교황이라고 발표했던 1978년 10월 16일 저녁때와 비슷했다.) 베르고글리오라니……. 사람들은 젊은 교황을 기대했지만 추기경들은 이를 저버리고 나이든 교황을 선출했다. 또한 '이탈리아 교황'을 예상했지만 새로운 로마 주교는 저 멀리 떨어진 남반구에서 온 사람이었다.

베르고글리오와 그의 업적, 그의 교구를 아는 사람은 이 사건의 의미를 알고 있었다. 교황 이름을 프란치스코로 정했을 때, 그 의미는 더욱 확실해졌다.

사람들은 교황 이름을 듣자마자 박수를 보냈다. 프란치스코회를 세운 아시시의 빈자 이름을 딴 예수교 교황. 그것은 변화와 전환점의 상징이자 '모든 인류의 단 한 명의 구세주인 예수그리스도'를 선언하고, 교회를 건설하고 함께 떠나는 복음의 교회, 가난한 교회에 대한 요청이었다.

몇 분이 흐르자 드디어 새 교황이 나타났다. 오후 8시 10분이었다. 역사상 처음으로 발코니에 새로 선출된 교황이 나오기 전에 하얀 예복을 입은 프란치스코 교황이 창가에서 기다리는 모습이 바티칸 텔레비전 센터 카메라에 비쳤다.

교황은 모피가 달린 붉은 예복을 입지 않고 어깨에 영대도 두르지 않았다. 나중에 그가 모피로 된 위엄이 넘치는 옷을 입고 싶어 하지 않았음을 알게 되었다. 가슴 십자가도 호르헤 마리오 베르고글리오가 언제나 하고 다니는 십자가였다. 금이나 보석이 아닌 평범한 금속으로 만든 십자가였다.

신임 교황은 추기경들과 의전 담당 사제에 둘러싸여 마침내 모습을 드러냈다. 그의 옆에는 로마 교구 총대리 아고스티노 발리니 추기경이 있었다. 신임 교황은 나오자마자 오른손을 들어 인사한 뒤 광장을 바라보며 잠시 그대로 서 있었다. 군중들이 환호하며 "교황 만세!"를 합창하는 소리를 들으며 아무 말도 하지 않았다.

마침내 그가 입을 열었다.

"형제자매 여러분, 안녕하십니까."

베네딕토 16세가 카스텔 간돌포로 돌아가기 전에 한 고별인사와는 조금 다른 간단한 인사였다.

프란치스코 교황이 말을 이었다.

"여러분도 아시다시피 콘클라베의 임무는 로마 주교를 뽑는 것입니다. 제 형제 추기경님들께서는 주교를 찾고자 지구 끝까지 가신 것 같습니다. 그러나 이제 여기 돌아왔습니다. …… 여러분의 환영에 감사드립니다. 로마 교구 공동체는 이제 주교를 갖게 되었습니다. 여러분, 감사합니다! 먼저 우리의 전임 주교인 베네딕토 16세를 위해 기도하고자 합니다. 주님께서 그분을 축복하고 성모님께서 지켜주시도록 다 함께 기도합시다."

그는 자신을 교황이라 부르지 않고 처음에는 로마의 주교라고 했다. 요한 바오로 2세가 선거가 끝난 뒤 처음 모습을 드러냈을 때와 마찬가지다. 교황은 로마의 주교이기도 하지만 로마 주교가 교황은 아니다. 로마 가톨릭교회의 화려함에 고무된 사람들이 가끔 잊기도 하는 사실이다.

교황 베르고글리오는 영원의 도시 로마 교회와의 특별한 연대를 강조했다. 그는 세계에 고하기 전에 먼저 자기 교구 사람들에게 말하는 주교였다.

프란치스코 교황은 전임 교황을 위해 기도하기를 청하며 함께 주님의 기도, 성모송, 영광송을 암송했다. 그리고 사람들이 더 많이 기도하고, 더 많이 그 이름을 부르도록 했다.

그는 세 번의 기도를 끝내고 나서 다시 말을 이었다.

"이제 우리는 주교와 신자로서 여정을 시작합니다. 로마 교회의 여정은 사랑으로 온 교회를 이끄는 것입니다. 형제애와 사랑과 신뢰의 여정입니다. 언제나 서로를 위해 기도합시다. 전 세계가 위대한 형제애를 이루도록 기도합시다. 여기 계신 총대리 추기경이 도와주시겠지만, 저는 오늘 우리가 시작하는 교회의 여정이 이토록 아름다운 도시의 복음화를 위해 많은 열매를 맺기를 희망합니다."

새 교황의 첫 강복이었다. 새 교황은 사람들에게 신임 주교에게 신의 축복을 내려달라는 기도를 청했다. 이전에 들어보지 못한 이 요청은 평신도를 새로운 목자를 위해 기도하는 하느님의 백성으로 만든 것이다.

"이제 여러분에게 강복을 드리고자 합니다. 그런데 먼저……여러분에게 부탁드리겠습니다. 이 주교가 여러분을 축복하기 전에 주님께서 저에게 축복을 내려주도록 기도해주시기를, 자기 주교를 위해 강복을 청하는 기도를 여러분께 부탁드립니다. 잠시 침묵으로 기도를 드립시다. 저를 위해 기도해주십시오."

프란치스코는 인사를 하고 다시 말을 이었다.

"이제 여러분과 전 세계에, 선의를 지닌 모든 사람에게 강복을 드리겠습니다."

그는 하얀 예복 위에 교황의 영대를 두르고, 로마와 전 세계에 교황의 축복(우르비 엣 오르비 Urbi et Orbi)을 내렸다. 손짓으로 인사한 뒤 다시 마이크를 잡고 마무리했다.

"형제자매 여러분, 저는 이제 물러나겠습니다. 여러분의 환영에 다시 한 번 감사드립니다. 다시 만날 때까지 저를 위해 기도해주십시오. 우리는 곧 만날 것입니다. 내일 저는 온 로마를 보살펴주시도록 성모님께 기도하러 갈 것입니다. 좋은 밤 되시고 편히 주무십시오."

프란치스코 교황은 교황 궁을 떠나 성녀 마르타의 집으로 돌아와서 'OSCV 1(바티칸시국 #1)' 번호판이 달린 검은 대형 승용차가 기다리고 있는 것을 보았지만 그 차를 타지 않았다.

"추기경들과 함께 버스를 타겠습니다."

다음 날 아침 시스티나 성당으로 갈 때도 마찬가지였다.

저녁 식사 자리는 여유로운 축제 분위기였다. 교회는 마침내 새로운 교황을 만났다. 콘클라베 동안 114명의 임시 '감금자'들은 바티칸에 남아 있어야 하는 평생의 '감금자'를 뽑았다.

프란치스코 교황은 저녁 식사를 마친 후 동료들에게 말했다.

"신이 여러분이 지은 죄를 용서하시기를……."

그날 밤, 신임 교황은 명예 주교 베네딕토 16세에게 전화를 했다. 또 로마 유대교 랍비 대표인 리카르도 디 세그니에게도 메시지를 보냈다.

"로마의 주교이자 보편적 교회의 목사로 선출된 오늘, 저는 당신에게 진심 어린 인사를 드리며 3월 19일 목요일에 있을 제 교황 취임식을 알려드립니다. 하느님의 보호를 믿으며, 새로운 협력의 정신과 창조자의 의지로 더 큰 조화 속에서 제2차 바티칸 공의회 이래 쌓아온 유대교와 가톨릭의 관계가 더욱 발전하는 데 기여하기를 강력하게 희망합니다."

프란치스코 교황은 평소처럼 아침 일찍 예배당에서 오랫동안 기도하며 첫날을 맞이했다. 그리고 전날 저녁 약속한 대로 성모 마리아에게 로마 교구를 지키고 보호해주십사 기도를 드리러 갔다. 8시쯤 그는 혼자 성모마리아 대성당에 갔다. 가장 오래된 이 성당에는 로마 백성의 구원, 성모마리아 성화가 있다. 새로 선출된 교황은 한 손에 꽃다발을 들고 들어가 헌화하고, 그 앞에 서서 기도를 드렸다. 그리고 예수가 탄생한 말구유가 보존된 제단을 지나 성 이냐시오 로욜라가 크리스마스이브에 처음으로 미사를 집전한, 예수회의 상징으로 가득한 시스틴 경당으로 갔다. 프란치스코는 비오 5세 무덤 앞에서 기도했다. 이 도미니크회 교황은 레파노 해전의 교황이자 유서 깊은 의식의 교황이라 불렸고, 자신의 도미니크회 종교 관습을 지키기 위해 교황 복장을 하얀색으로 지정하기도 했다.

프란치스코 교황은 기도가 끝나자 직원들과 현직 추기경, 고해 사제들을 만났다.

"자비."

그가 한 명씩 인사하며 한 말이다.

"고해 사제시니 영혼에 자비를 베푸십시오. 영혼은 자비가 필요합니다."

새 교황은 교황청 리무진이 아닌 바티칸 경찰차에 탔다. 그리고 최소한으로 줄인 경호 팀의 경호를 받았다.

교황으로 뽑힌 그날 저녁, 그는 로마의 스크로파 70에 있는 성직자 숙소 지배인과 통화했다. 그는 2주 동안 머물 예정이었고 로마를 방문할 때도 이 숙소에 머물렀다. 추기경 전체 회의 동안에는 언제나 걸어 다녔다.

교황은 지배인에게 자기 짐과 소지품을 챙기고 계산을 하겠다고 알렸다. 실제로 그렇게 했다. 프란치스코는 교황 궁내원장인 게오르그 갠스바인 대주교를 데리고 나보나 광장 근처에 있는 숙소에 도착했다.

그들의 당혹스러운 표정은 이렇게 말하는 것 같았다.

"교황님, 정말로 계산하실 건 아니죠? 농담하시는 거죠?"

그러자 프란치스코가 말했다.

"제가 교황이니 모범을 보여야 합니다."

그러고는 직접 방에 가서 물건을 챙기고 가방을 쌌다. 호르헤 마리오 베르고글리오는 비서가 없는 주교였기에 이런 일은 익숙했다. 세단과 수행원을 거부한 교황. '형제 추기경들'과 함께 버스 타기를 더 좋아하는 교황. 모피로 된 옷을 입지 않는 교황. 스스로 가방을 챙기는 교황. 숙박비를 내지 않을 만큼 높은 지위에 올랐다고 생각하지 않는 교황. 이렇게 작지만 큰 의미를 지닌 행동을 보여주었다.

지금은 말보다는 행동으로 복음을 보여주는 교회를 요구하는 시대다. 그리고 그것이 진지하고, 검소하게 행동하는 기독교인의 삶이 되어야 한다. 승리의 교회에 대한 나열은 과거에는 의미가 있었을지 모르지만, 오늘날에는 구시대적이고 현대 정서를 담고 있지 못한 것 같다. 심할 때는 역효과를 일으켜 사람들을 끌어들이는 것이 아니라 몰아내기도 한다.

프란치스코 교황은 철저하게 자신의 행동으로 사람들을 끌어모은다. 그의 특별한 보통성과 검소함에 매료되고 충격을 받은 전 세계 사람들의 놀라운 반응으로 이는 증명되었다.

페데리코 롬바르디 바티칸 대변인은 이렇게 말했다.

"확실히 이번 교황은 바티칸 보안에 전례 없는 문제를 만들 것이다. 하지만 보안 관계자들은 교황을 잘 보필하고, 그의 스타일에 맞춰야 한다는 것도 잘 알고 있다."

신임 교황은 베네딕토 16세의 마지막 몇 년 동안 보안이라는 이름 아래 교황을 새장에 갇힌 새처럼 만드는 지나친 경호를 받아들이지 않았다. 측근들은 이제 새 교황의 스타일에 적응해야 한다. 로마의 주교인 교황은 자기의 도시, 교구와 특별한 관계를 맺고자 한다.

2장

왜 베네딕토 16세는
사임을 선택했는가

호르헤 마리오 베르고글리오는 늙은 나이 때문에 은퇴한 교황의 후임으로 선출된 교회 역사상 최초의 교황이다.

성 베드로 사도좌에 라틴계 예수회 주교가 취임하기까지의 여정은 2013년 2월 11일 월요일 아침에 시작되었다. 그날 오전 11시 회의실에서 베네딕토 16세는 세 명의 복자 시성식에 대한 회의를 이끌었다. 오트란토의 순교자인 안토니오 프리말도와 동료 순교자들, 시에나의 성녀 카타리나와 마리아 수녀회를 세운 라우라 몬토야(1874~1949년) 수녀, 멕시코의 과달루페 가르시아 사발라(1878~1963년) 수녀가 복자로 승인되었다.

하지만 베네딕토 16세는 거기서 멈추지 않고 라틴어로 짧은 글을 읽어 내려갔다. 늙은 나이 때문에 교황직을 사퇴하겠다는 성명서로, 교황 자리가 2월 28일 오후 8시부터 공석이 될 것이라고 선포했다. 그날 새벽에 전문을 번역사에게 맡겼고, 그들은 비밀 유지 서약을 했다.

교황은 감정이 담긴 여린 목소리로 말했다.

"형제 여러분."

라칭거 교황은 놀란 추기경들을 보며 입을 열었다. 추기경들은 앞으로 일어날 일에 대해 전혀 준비가 되지 않았다.

"오늘 추기경 회의를 소집한 것은 세 성인의 시성식과 관련된 사항 외에도 교회에 매우 중요한 결정을 전하기 위해서입니다. 저는 신 앞에 양심을 여러 번 검증해본 뒤 늦은 나이 때문에 성 베드로의 임무를 충분히 수행할 힘이 없다는 사실을 알았습니다."

그러고는 말을 이었다.

"교황은 영적 성격 때문에 말과 행동뿐만 아니라 기도와 고난이 수행되어야 한다는 사실을 잘 알고 있습니다. 하지만 세상은 너무 빠르게 변하고 신앙생활에 대한 의문으로 흔들리고 있습니다. 이런 때 교회를 이끌고 복음을 전파하려면 정신과 육체의 힘이 필요합니다. 하지만 저는 지난 몇 개월 동안 눈에 띄게 쇠약해져 교황 임무를 수행할 수 없게 되었습니다. 이런 이유로, 이 결정의 심각성을 알면서도 2005년 4월 19일 추기경들이 제게 맡긴 로마의 주교직, 성 베드로의 후계자 임무를 2013년 2월 28일 오후 8시부로 내려놓겠습니다. 교황직은 공석이 되고 능력 있는 교황을 선출할 콘클라베가 있을 것입니다."

교황은 추기경들에게 다음과 같이 말했다.

"지금까지 사랑과 헌신으로 저를 지지해준 여러분께 감사드리고, 제 모든 허물을 용서해주십시오. 앞으로도 기도에 전념하며 신의 성스러운 교회에 봉직하기를 기원합니다."

라틴어로 22줄밖에 안 되는 글이 교회 역사를 바꿔놓았다. 베네딕토 16세가 글을 읽어 내려간 직후, 수석 추기경 안젤로 소다노는 그를 끌어안았다. 침묵이 흐르는 가운데 베네딕토 16세는 침울한 얼굴을 한 교황 궁내원의 성직자들에게 둘러싸여 앞으로 17일 동안 머물 거처를 향해 발걸음을 떼었다. 걱정스러운 시선을 뒤로한 후, 그는 지금까지 지켜온 냉정함을 잃고 울음을 터뜨렸다. 눈물이 지친 교황의 얼굴을 타고 흘러내렸다. 6세기 만에 사임한 첫 교황의 얼굴이었다.

베네딕토 16세는 전례 없는 발표와 함께 교황직에서 물러났다. 혼자서 내린 매우 중요한 결정이었다. 오랜 시간 고민한 그는 멕시코와 쿠바 여행을 마치고 돌아오던 2012년 3월에 최종 결정을 했다고 기관지 〈오세르바토레 로마노 L'Osservatore Romano〉의 편집자 지안 마리아 비안이 밝혔다. 그는 멕시코와 쿠바를 여행하는 동안 매우 따뜻한 환영을 받았지만 밤에 미끄러져 머리에 경미한 부상을 입었다고 한다.

요제프 라칭거 교황은 오랫동안 사임을 고민해왔다. 2010년 친구이자 기자인 페터 제발트와의 인터뷰에서 이 주제에 대해 먼저 말을 꺼낸 적이 있었다.

"교황이 육체적, 심적, 영적으로 직무를 할 수 없다는 사실이 판명되면, 교황은 사퇴할 의무와 권리를 가지고 있습니다."

라칭거는 주위 사람들에게 '관리되었던' 전임 교황의 고통을 알고 있기에 그런 경험을 반복하고 싶지 않았다.

2002년 10월, 그가 아직 추기경이었을 때 파스쿠알레 막키 대주교에게서 바오로 6세가 업무를 보지 못하는 기간이 길어졌을 때를 대비해 추기경들에게 주었던 지침이 담긴 서한의 사본을 받았다. 거기에는 콘클라베를 소집하는 내용이 담겨 있었다.

라칭거는 그 사본을 보며 "교황이 해야 할 매우 현명한 일"이라고 말한 적이 있다. 하지만 그것은 파킨슨병과 같은 불치병을 앓던 요한 바오로 2세의 상태를 가정한 조치였다. 사실 베네딕토 16세에게 그런 일은 일어나지 않았다. 관절과 심장이 약할 뿐이었다.

"교황은 우울하지도, 아프지도 않습니다."

대변인인 페데리코 롬바르디 신부가 발표했다.

"기력이 쇠퇴하는 징후도 보이지 않습니다."

교황의 주치의 파트리지오 폴리스카도 교황의 지적 능력에 아무런 이상이 없다는 점을 시사했다. 교황은 며칠 동안 로마 신학생들과 함께 즉석에서 묵상을 했기 때문이다.

그렇다면 어떤 일이 일어난 것일까? 왜 라칭거는 교회 내외적으로 거대한 지진을 일으킬 줄 알면서, 86세를 마치기도 전에 그런 중요한 결정을 내렸을까?

"갑자기 제 자신이 엄청난 일에 직면해 있다는 사실을 깨달았습니다."

제발트와의 인터뷰에서 그는 이렇게 밝혔다.

"그것은 충격이었어요. 책임이 실로 막중했지요. 그래요, 단두대가 떠오르더군요. 이제 곧 떨어져 내 목을 치는……."

라칭거 교황은 여러모로 어려웠다. 계속 장애물과 맞닥뜨렸다. 그를 향한 공격과 위기 상황, 특히 갑자기 터진 소아 성추행 스캔들처럼 전에 기록된 적도 없는 어려운 결정을 해야 하는 일이 연달아 이어졌다. 또 교황청을 다스리면서 생기는 긴장감, 파벌 등 내적 갈등도 있었다.

이렇게 어려움과 반대 목소리는 커져갔고, 교황이 시작한 프로젝트인 미사 개혁과 르페브르파와의 평화 유지, 세계 교회 담화까지 좌초되었다.

바티리크스 스캔들은 집사인 파올로 가브리엘레의 배신이라는 꼬리표로 축소될 수 없는 엄청난 일로, 살바토레 데 조르조 추기경, 요제프 톰코 추기경, 율리안 혜란즈 추기경에게 폭로된 문서에서 제기된 교황청 내분과 협박 편지 등에 대해 조사해 보고하라고 지시했다. 그 결과는 발표되지 않았고 콘클라베를 앞둔 추기경들도 알 수 없었다. 그 사건의 조사 문건은 새로 뽑힌 프란치스코 교황에게 직접 전달되었다.

최근 몇 년 동안 베네딕토 16세는 여러 번 협력자들을 보호하기 위해 어쩔 수 없이 개입해야 했다. 수세기에 걸친 전통이라지만 언제나 반대급부가 있었다. 이러한 문제들은 너무 부담이 되었고 교황은 막중한 업무를 더 이상 참기 어려웠다.

갑작스러운 사임 발표 후에야 그가 내린 두 가지 결정이 이해되었다. 2012년 11월 소회의에서 6개 대륙 출신 6명의 추기경을 추가로 지명함으로써 2월에 구성된 이탈리아 중심의 추기경단을 바로잡았다.

또 개인 비서인 게오르그 갠스바인을 대주교와 교황 궁내원장으로 임명했다. 교황은 사임을 눈앞에 두고 그를 보호하고 싶었던 것 같다. 갠스바인 대주교는 명예 교황의 개인 비서이자 신임 교황의 궁내원장 직을 겸임하고 있다.

라칭거의 사임에 모든 사람들이 깜짝 놀랐다. 수석추기경 안젤로 소다노와 교황청 국무원장 타르치시오 베르토네 추기경만 미리 알고 있었다. 사임은 논의의 대상이 아니라 교황이 '신 앞에서' 내린 결정이라며 통보한 사항이었다.

베네딕토 16세는 바티리크스 재앙 이후에 상대적으로 평온한 시기를 기다렸다가 사임을 밝혔다. 자유와 겸손의 몸짓은 '나의 모든 허물을 용서'하라는 말로 표현되었고, 후임자에게는 어려운 일을 남겨놓고 떠났다. 그는 바티칸에 있는 거처에서 세상 저편에 은둔해 기도자의 삶을 살게 된다. 바티칸에 전임 교황과 신임 교황이 함께 있는 전대미문의 상황이 일어난 것이다.

2005년 4월 24일 로마 주교로서 첫 엄숙 미사에서 베네딕토 16세는 "늑대의 두려움에서 도망치지 않도록" 신자들에게 기도를 부탁했다. 그때는 어느 누구도 교황이 사임이라는 커다란 반향을 일으킬 결정을 하리라고 상상도 하지 못했다.

콘클라베가 시작된 지 하루도 지나지 않아 당선된 78세의 요제프 라칭거는 시작부터 전임자 스타일과는 명확하게 자신을 구분 지었다. 새로운 교황은 '통치 프로그램'을 발표하지 않았는데 "진정한 통치는 내 자신의 의지와 생각을 따르는 것이 아니라 하느님의 말씀을 듣고 그분이 이끄는 대로 따르는 것이다. 그러므로 역사의 이 시간부터 하느님이 교회를 인도해주실 것"이기 때문이라고 했다.

처음에는 부끄러워하며 말수가 적던 라칭거는 2005년 8월 쾰른에서 열린 세계 청년 대회(전임 교황이 만든 대회)를 시작으로 돌아다니는 교황 역할을 맡았다. 첫 번째 시험은 군중과의 깊은 교감이었다. 그는 빵과 포도주가 그리스도의 살과 피로 변화하는 것을 핵분열에 비유하며 효과적인 메시지를 전달했다. 처음에는 몸짓이 어색했지만 베네딕토 16세는 곧 미리 쓴 연설문이 없어도 즉석에서 연설을 했다.

2005년 10월 15일 성 베드로 광장에서 첫 영성체를 받은 아이들과 만날 때, 예수의 현존에 대한 질문에 대답할 때도 마찬가지였다.

"전류도 눈에 보이지 않지만 존재해 마이크가 소리 나게 만들어줍니다. 보이지 않는 존재가 본질인 것이 이 세상에는 많습니다."

많은 사람들이 나이가 많은 새 교황은 여행을 잘 다니지 않을 것이라고 생각했다. 하지만 라칭거는 전임 교황의 발자국을 따라가기 시작했다. 2006년 5월 폴란드로 떠난 여행은 아우슈비츠

방문으로 마무리되었다.

"전례 없이 신과 인간에 반하는 범죄가 이루어진 이런 공포의 장소에서 말을 하는 것은 불가능합니다. 그리고 기독교인이자 독일인 교황으로서 특히 어렵고 힘든 일입니다. 이런 곳에서 말은 의미가 없습니다. 결국 두려운 침묵만 있습니다. 그 침묵은 신에게 '주여, 왜 침묵하십니까? 이 모든 것을 어떻게 참을 수 있습니까'라는 절규를 담고 있습니다."

2006년은 첫 국제적 사건이 일어난 해였다. 라칭거는 믿음과 증거의 관계에 대해 이야기하기를 좋아했고, 바이에른을 여행하는 동안 다시 교수 옷을 입고 리젠버그 대학교에서 강연을 했다. 고대 문헌을 인용하며 모하메트(그는 이곳에서 모하메트가 신앙을 폭력으로 전파했다고 말함)를 언급하는 교황의 모습이 전 세계에 방송되었고, 이는 이슬람 세계의 저항에 불을 지폈다. 그 뒤 베네딕토 16세는 이슬람에 주의를 기울였고, 이슬람에 대한 우정과 존중을 강조했다.

그는 주교 시절부터 '탱크 추기경'이라는 별명이 있었다. 라칭거는 교황으로서 계속 '기독교인의 즐거움'을 설파했다. 첫 회칙은 '하느님은 사랑이십니다'로 정하고 다음과 같이 말했다.

"기독교인이 되는 것은 윤리적 선택이나 높은 이상의 결과가 아닙니다. 그것은 삶의 새로운 지평을 열어주고 결정적인 방향을 알려주는 사람이자 사건과의 만남입니다."

신학자 교황은 요한 바오로 2세의 후임자가 되기 전에 은퇴

해서 나사렛 예수에 대한 책을 쓸 계획이었다. 라칭거는 교황이
되어서도 자유 시간, 특히 휴가 기간을 이용해 2007년, 2011년,
2012년에 각각 세 권의 책을 냈다. 이 밖에도 페터 제발트가 인
터뷰한 내용이 담긴 《베네딕토 16세 세상의 빛》은 요제프 라칭
거가 어떤 사람인지를 알 수 있는 책이다.

베네딕토 16세는 어려운 여정을 맞이했다. 그는 비기독교화가
빠르게 진행되는 사회와 교회의 내부 분열이라는 문제에 맞닥뜨
린 것이다. 조지 부시 미국 대통령과 함께 백악관에서 자신의 생
일을 축하했고, 며칠 후인 2008년 4월 20일 9·11 테러 희생자들
을 안고 그라운드 제로에서 기도했다.

2009년 1월에 또 다른 심각한 위기가 있었다. 교황은 르페브
르 대주교의 임명을 받아 파문된 네 명의 주교를 사면하기로 결
정한 것이다. 그 가운데 리처드 윌리엄슨은 몇 개월 전 텔레비전
인터뷰에서 홀로코스트의 존재를 부인한 인물이었다.

그러자 유대인 사회에서 격렬한 논쟁이 일어났다. 교황은 자
신이 혼자라는 사실을 확인함과 동시에 협력자인 교황청 기구의
와해에 직면했다. 그는 전 세계 주교들에게 모든 책임을 받아들
인다는 편지를 썼다. 교황청 협력자들이 교황의 방패막이가 될
때가 있었지만 이제는 반대 상황이 되었다.

1년 후, 성추행 스캔들이 다시 터졌다. 미국과 독일에서 은폐
되었던 오래된 사건에 대한 문건이 출판되었다. 사제가 저지른
범죄를 해명하려면 교황이 법정에 출두해야 한다고 주장하는 사

람들도 있었다.

베네딕토 16세는 타협하지 않고 정면으로 위기를 극복하려고
했다. 규율을 변경하고, 바티칸과 주교들에게 사고방식을 바꿀
것을 요청했다. 그는 여행을 가면 언제나 성추행 스캔들의 희생
자를 만났다. 2010년 5월 포르투갈로 가는 비행기 안에서 그는
교회의 가장 큰 시련은 외부의 적이 아니라 내부의 죄에서 온다
고 말했다.

예전 바티칸 공의회 전의 미사 규칙을 자유롭게 하고, 성비오
10세회와 대화를 시작한 것처럼 교회의 통일을 위한 화해의 몸
짓은 이해받거나 긍정적인 반응을 얻지 못했다.

베네딕토 16세의 교황 임기 마지막 해는 기밀문서 누출(바티리
크스)로 얼룩졌다. 이 때문에 바티칸 궁에 긴장감이 감돌고 부패
에 대한 비난이 화두가 되었다. 베네딕토 16세는 점점 더 강한 공
격의 대상이 된 교황청 국무원장 타르치시오 베르토네 추기경을
위해 칼을 뽑아 동료들을 보호했다. 문건을 복사하고 빼돌렸다
는 혐의를 인정한 자신의 집사인 파올로 가브리엘레를 형사소송
절차를 밟도록 했다. 하지만 크리스마스 전 감옥에 있던 그를 만
난 후 사면했다. 제2차 바티칸 공의회 50주년 개막을 위해 제정
한 신앙의 해가 시작되고, 새로운 복음화를 선포했던 교황은 지
쳐서 떠났다. 그리고 그 자리는 트위터를 하는 근대적이고 친근
한 이미지의 후계자가 물려받았다.

교황직 사임은 교회 역사에서 매우 드문 일이다. 로마 주교의

직위를 버린 사람은 몇 명 있었지만 2013년까지 나이와 건강을 이유로 그만둔 사람은 단 한 명도 없었다. 그렇기 때문에 베네딕토 16세에게 무슨 일이 벌어졌는지 과거 상황과 비교하기란 불가능하다.

사임한 교황의 사례를 보면 제일 먼저 교회 태동 시기인 92년에 리노 교황과 아나클레토 교황 다음의 클레멘스 1세가 있다. 기록에 따르면 '교회의 분열과 불화를 일으키지 않도록 관대한 영혼들이 자리에서 물러나도록 촉구한다'는 내용의 편지를 쓴 사람은 다름 아닌 교황 클레멘스 1세였다고 한다.

그러나 처음으로 문서화된 사건은 18대 로마 주교이자 교황인 폰시아노의 사임이었다. 그는 230년 교황으로 선출되었지만 5년 후인 235년 9월 28일에 사임했다. 그리고 사르디니아로 강제 이송되어 광산에서 강제 노역을 했다. 안테로 교황이 그 뒤를 이었다.

3세기 뒤 호르미스다 교황의 아들 실베리오가 교황에 올랐다. 536년 테오다하르트 왕이 그를 교황으로 임명한 후, 교황은 단성론자들과의 싸움에 자신을 바쳤다. 정확하게 말하면 이 때문에 테오도라 황후가 불안을 느끼고 그를 팔마롤라 섬으로 강제 추방했다.

다시 몇 세기가 지나고 1032년 10월부터 1044년 9월까지 교황직을 수행한 베네딕토 9세에 이른다. 〈오세르바토레 로마노〉는 '교황 권력의 이용과 절대적인 세속화'라고 요약했는데, 그는 민중 봉기로 교황직을 떠났다. 이후 실베리오 3세가 후임이 되었지만 1045년 몇 주 동안 다시 자리로 돌아왔다. 그리고 이번에는 그레고리오 6세에게 자리를 내주었다. 교황 클레멘스 2세가 갑작스럽게 세상을 떠나는 바람에 그는 세 번째로 다시 교황 자리에 올랐지만, 하인리히 3세가 그를 사임시켰다. 하지만 그는 여전히 자신이 진짜 교황이라고 생각했다.

그리고 교황 첼레스티노 5세가 사임하게 된다. 은둔 수도사인 피에트로 델 모로네는 성인 시성을 받았다. 그는 1294년 8월 교황으로 선출되었고, 아킬라에서 왕관을 쓰고, 나폴리로 쫓겨나 그해 12월 13일 자리에서 물러났다.

마지막으로 베네치아의 귀족 니콜로 디 피에트로의 아들 안젤로 코레르에 이른다. 베네딕토 16세 이전에 마지막으로 사임한 교황이다. 1406년 교황으로 선출된 이후 교황 이름을 그레고리오 12세로 짓고 1415년까지 통치하다가 콘스탄츠 공의회의 요청으로 사임했다. 이때는 군사적, 외교적 분쟁과 투쟁으로 점철된 교회 역사에서 가장 복잡한 시기였다. 서방 교회가 대분열하는 시기 동안 아비뇽의 대립 교황 베네딕토 13세와 요한 23세(이 이름은 1958년 10월 안젤로 론칼리가 다시 사용했다.)와 대치해야 했다. 레카나티에 살던 전 교황 안젤로 코레르는 다시 교황 자리에 올랐다가 1417년 10월 18일 세상을 떠났다.

이렇게 과거 교황의 사임에 대한 주제가 다시 관심을 받았다. 의학의 발달로 수명이 연장되었다고 해도 비오 9세부터 베드로의 후계자라는 직위는 육체적, 지적으로 충분한 힘이 없는 사람에게는 수행하기 어려울 정도의 책임과 기능을 떠안겨주는 자리였다.

1922~1939년까지 교황직을 수행한 비오 11세(아킬레 라티)는 인생의 황혼기에 이르러서 사임을 생각한 것 같다. 한편 그의 후임인 비오 12세 에우제니오 파첼리는 두 번이나 사임을 생각했다. 제2차 세계대전이 일어나기 전날 선출된 교황은 자기를 납치해 이탈리아 밖으로 추방하려는 아돌프 히틀러의 계획을 알게 되었다. 그는 측근에게 추방 위협을 알렸고, 그들은 교황이 아닌 추기경 파첼리를 피난시켰다. 그 당시 교황청 국무원의 조력자인 도메니코 타르디니 추기경이 이를 증명했다. 비오 12세는 사임 편지를 썼고, 1929년 12월 파첼리와 함께 추기경 회의를 주최한 리스본의 총대주교인 마누엘 세레제이라 곤살베에게 보관하도록 넘겨주었다. 이 선택은 우연이 아니었다. 포르투갈은 전쟁에 참여하지 않은 중립국이었기에 교황 추방 사태가 생기면 추기경들은 자유롭게 포르투갈에 모여 새로운 교황을 선출할 수 있었다. 물론 전쟁 후에 문서는 파기되었다.

　　또 비오 12세는 1954년 병으로 쓰러져 다시 사임하려고 했지만 회복되어 사임을 포기했다. 사임에 대한 생각은 다음 교황인 복자 요한 23세도 마찬가지였다.

　　그의 비서 몬시뇰 로리스 카포빌라는 다음과 같이 밝혔다.

　　"1963년 금요일 오후 사순절에 교황의 고해 신부인 알프레도 카바그나 주교와 나눴던 이야기가 아직도 생생하다. 그 내용을 바로 적을 수는 없었다. 주교님은 고해를 듣고 공의회 회의의 자세한 계획을 들은 후 교황님 방으로 오셨다. 그는 나를 방으로 불러 내가 뭔가 알고 있을 거라고 생각했는지 단도직입적으로 교황은 사임할 수 없다고 이야기했다. 대화의 흐름상 요한 23세께서 자신의 건강 상태와 공의회를 주재하는 엄청난 일을 생각했을 때, 교황직을 내려놓으려 했음이 틀림없다."

바오로 6세도 사임을 생각한 적이 있다. "교황은 병으로 교회에 커다란 해를 줄 것을 두려워했다"라고 그의 고해 신부인 데짜 예수회 신부가 말한 적 있다. 바오로 6세는 여러 번 심각하게 사임을 생각했던 것 같다. 그는 권한 행사를 할 수 없는 기간이 길어지고 일을 처리할 수 없을 정도가 되면 적절한 시기에 사임서를 제출하고 추기경들을 소집해 콘클라베를 요청한다는 내용의 편지를 서둘러 썼다.

더욱이 바오로 6세는 추기경이 80세가 되면 콘클라베에 참여할 수 없다는 규정을 내린 후 자신도 80세가 되면 교황을 그만둘 것을 심각하게 고민했다. 1977년 소회의는 이러한 관점에서 받아들여졌다. 하지만 교황은 사임을 포기하고 그 자리에 머물렀다. 최근에는 요한 바오로 2세의 오랜 지병이 문제가 되어 측근들이 그의 사임 가능성을 고려하기도 했다.

교회 법학자이자 오푸스 데이 사제인 스페인 추기경 율리안 헤란즈는 요한 바오로 2세의 재임 마지막 기간에 사임에 대해 의논했다고 밝혔다. 그는 2004년 12월 17일 당시 교황의 비서이자 현재는 폴란드 크라쿠프 추기경인 스타니슬라브 드지비스츠 대주교와 '대화한 후' 적은 메모를 자신의 책에서 밝히고 있다.

나는 건강상의 이유로 사임할 가능성을 적었고, 지금 그것을 알리는 것이 적절할 것 같다.

"그(스타니슬라브)는 교황—특정 개인을 뜻하는 것이 아닌 자리 자체—은 하느님의 의지에 자신을 맡기는 사람이라고 한정했다. 그는 신의 섭리를 믿는다. 더욱이 그의 결정이 후임자들에게 위험한 전례가 될까 두려워했다. 교황을 해임하고 싶어 하는 사람들의 압력과 책략으로 또 다른 교황이 사임될 가능성도 있기 때문이다."

베네딕토 16세의 사임은 이제 그를 어떻게 불러야 하는가라는 문제를 불러왔다. 이제 그는 무엇을 할 것인가? 주교로 다시 돌아갈까? 다양한 학파의 교회 법학자들은 라칭거를 '전 로마의 주교'나 '전 교황'으로 불러야 한다고 주장한다. 그리고 하얀색 교황 옷을 벗고 다시 추기경 옷이 아니라 주교의 옷을 입어야 한다고 생각한다.

바티칸 대변인 페데리코 롬바르디 신부는 갠스바인 대주교의 말을 인용해 라칭거의 결정을 설명했다.

"베네딕토 16세는 '전임 교황'으로 불리게 될 것입니다. 전임 교황은 흰색 수단^{cassock}을 입지만 재임 시 수단 위에 걸쳤던 붉은 어깨 망토는 입지 않습니다. 그리고 계속 '성하 베네딕토 16세'라고 부릅니다."

사임 전날인 2월 27일 수요일, 교황은 햇빛이 가득한 성 베드로 광장에서 마지막 일반 알현을 했다. 성지 순례자들은 사임하고 수도원으로 가는 로마의 주교를 보기 위해 이탈리아를 비롯해 세계 여러 나라에서 몰려들었다. 성 베드로 광장에서 교황의 마지막 연설은 신의 믿음, 희망에 대한 찬양이었다.

"교회는 살아 있습니다. 교회라는 배는 내 것이 아니라 하느님 것입니다. 그분은 배를 침몰시키지 않고 직접 인도하십니다."

새로운 교황을 뽑아야 하는 추기경들을 위한 교훈과 영적인 증언이었다. 작고 약해진 베네딕토 16세는 8년 동안의 재위 기간을 즐겁고 긍정적인 얼굴로 마무리했다. 그는 문서를 작성하지 않았지만 단순한 교리 교수법으로 교황은 어떤 사람이어야 하고, 어떤 일을 해야 하는지를 직접 보여주었다. 권력을 위해 남을 속이지 않고, 파벌을 만들지 않고, 탁상공론으로 현장과 동떨어진 정책을 만들지 않고, 스캔들을 일으키지 않고, 바로크 교회가 지닌 열정을 내부로 향하게 해야 한다. 그에게 마지막 인사를 하기 위해 몰려든 순례자들은 이 메시지를 잘 이해하고, 진심으로 새겨들었다.

베네딕토 16세의 말에는 무엇보다도 '교회에 흐르는' 믿음과 자비에 대해 전 세계에서 들려오는 소식에 대한 감사가 담겨 있다. 교황은 결정을 내린 후 다시 한 번 매우 고요하고 평온한 모습으로 나타났다. 그는 절대 편하지 않았던 교황 시절을 이렇게 묘사했다.

"기쁨과 밝은 빛의 순간도 있었고, 쉽지 않은 순간도 있었던 교회의 긴 여정의 일부였습니다."

이는 8년 동안 다녔던 여행, 스캔들, 비난을 모두 포함하는 말이었다. 라칭거는 이들을 설명하면서 폭풍을 만난 배 위 사도들의 복음의 험난한 길을 이야기했다.

"갈릴리 호수에 떠 있는 베드로 사도의 처지 같았습니다. 교회 역사가 그러했듯이, 파도는 거세고 바람은 사나운데 주님은 주무시고 계시는 것처럼 느껴지는 날도 많았어요. 그러나 저는 주님이 늘 배 안에 계시다는 것과 교회라는 배는 내 것이 아니라 오직 그분 것이라는 사실을 잊지 않았습니다. 그러니 신이 배를 침몰시키지 않을 거라는 사실을 언제나 알고 있었습니다."

배 이미지는 2005년 콘클라베 미사에서 라칭거 추기경이 한 강론에도 나왔다. 그는 무신론과 불가지론을 비롯한 여러 부정적인 '주의'에 흔들리는 많은 기독교인의 생각을 '작은 배'로 표현했다. 이제 사임에 이르러 교황은 '비관적 예언들'을 따르지 않았다. 또 어떠한 비관적 암시도 하지 않고 희망의 메시지를 전했다.

"우리 모두 아이들처럼 신의 팔에 자신을 맡기길 바랍니다. 그 팔은 우리를 붙들어주고, 가는 길이 힘들 때도 매일 전진할 수 있게 해줍니다. 저는 우리를 위해 당신의 아들까지 보내주신 하느님의 무한한 사랑을 모두가 느꼈으면 합니다. 모두가 기독교인이 되는 기쁨을 느끼기를 바랍니다."

베네딕토 16세는 추기경들과 국무원장, 동료들에게 감사의 마음을 전했다. 그는 교황청 내의 긴장 때문에 사임하는 것이라는 주장에 동의하지 않았다. 그래서 많은 '일반 사람들'에게서 받은 편지를 언급했다.

"그 편지는 사람들이 왕이나 다른 중요한 인물에게 보내는 것이 아니었습니다. 형제, 자매, 아들, 딸이 쓴 것처럼 친근했습니다. 여기서 우리는 교회가 무엇인지 알 수 있습니다. 종교적 또는 인간적 목적을 가진 조직이나 단체가 아닌, 형제자매와의 영적 교감이 있는 살아 있는 생명체라고 할 수 있습니다."

베네딕토 16세는 자신의 사임에 대해 이렇게 강조했다.

"기력이 쇠하는 가운데 나 자신이 아닌 교회의 선을 위해 올바른 결정을 내릴 수 있는 빛을 보여 달라고 계속 기도했습니다. 이 결정이 전대미문이라는 것, 일으킬 파장이 크다는 사실도 알고 있었지만 평온한 마음으로 이러한 결정을 내렸습니다."

그 평온함은 대중에게 마지막 모습을 보일 때 빛이 났다.

"교회를 사랑한다는 것은 교회의 선을 생각해, 어렵고 고통스러운 선택을 할 용기가 있다는 뜻입니다."

마지막으로 라칭거는 교황이었던 자신에게 더 이상 개인 생활은 없다고 말한다.

"언제나 그리고 완전히 모두의 존재입니다. 사임한다고 해서 개인으로 돌아가는 것을 의미하지 않습니다. 교황이 되기 전 상태로 돌아갈 수 없습니다. 그것은 성 베드로의 울타리에서 기도하며 남아 있다는 것을 의미합니다."

마지막까지 교황직을 수행한 요한 바오로 2세와 라칭거를 비교하며 사임 결정에 대해 논평하는 사람들에게 그는 이렇게 대답했다.

"저는 십자가를 버린 것이 아닙니다. 십자가를 지신 주님 곁에서 새로운 방법으로 남아 있을 것입니다."

다음 날 아침 그는 클레멘스 홀에서 추기경들과 만났다. 교황은 추기경들과 일일이 인사한 뒤 부에노스아이레스의 대주교와도 오랫동안 인사를 나누었다.

그날 오후 베네딕토 16세는 바티칸을 떠났고, 그를 태운 헬리콥터는 영원의 도시를 배회하고는 바티칸 내에 머물 수도원의 리모델링이 끝나는 몇 개월 동안 살게 될 카스텔 간돌포의 별장으로 떠났다.

신·구 베드로 후계자. 2007년 당시 부에노스아이레스 대주교였던 프란치스코 교황이
베네딕토 16세를 만나고 있다.

3장

새 교황 선출을 위한
콘클라베

2 월 27일 수요일 오전 8시, 레오나르도 다빈치 공항 국제 청사의 짐칸 옆에서 세 명의 추기경이 만났다. 각각 부에노스아이레스, 상파울루, 마닐라에서 오는 비행기를 타고 같은 시간에 도착한 그들은 호르헤 마리오 베르고글리오, 오딜로 페드로 셰레르, 루이 안토니오 타글레 추기경이었다.

앞의 두 추기경은 사제복을 입었고 세 번째 추기경은 사복 차림이어서 젊어 보였다. 그들은 서로 존경하는 사이로 만나서 인사를 나누었다.

다음 날 베르고글리오 신부는 클레멘스 홀에서 빨간 테두리의 붉은 망토와 검은 수단을 차려입고 주케토를 쓴 타글레 추기경을 보고 장난스럽게 말했다.

"어제 공항에서 만난 소년은 어디 가셨어요?"

우메스 전 교황청 성직자성 장관이자 전 상파울루 대주교는 콘클라베 동안 베르고글리오의 오른쪽에 앉아 있었다. 두 사람은 오랫동안 좋은 친구 사이였다.

다음 날인 2월 28일 저녁 8시, 교황좌는 공식적으로 공석이 되었다. 2월 28일은 베르고글리오 신부의 삶에서 매우 특별한 날이었다.

정확히 15년 전 2월 28일 안토니오 콰라치노 추기경이 세상을 떠난 뒤 그가 부에노스아이레스의 대주교가 되었다. 당시 부주교였기 때문에 아르헨티나 수도 교구의 대주교가 된 것이다. 이런 우연의 일치를 예수회 추기경이 벗어나기는 힘들었던 것일까? 전조였을지도 모른다.

차기 교황 후보는 언제나처럼 스크로파 70에 있는 성직자 숙소에 묵었다. 그는 아주 가끔 로마에 왔다. 실제로 베르고글리오는 자신의 교구를 떠나기를 좋아하지 않는 추기경이었다. 콘클라베를 시작하기 전에 추기경들은 한자리에 모여서 회의를 시작하는데, 이때 교회의 미래, 교회에 필요한 것, 그 밖의 심각한 문제를 논의한다.

베르고글리오는 아침 일찍 일어나 예배당 앞에서 오랜 시간 기도하며 보내는 생활에 익숙해 있다. 콘클라베 시작이 임박한 날에도 주케토를 쓰지 않고 걸어서 로마의 심장인 골목길들을 통과해 바티칸에 도착했다.

콘클라베에 대한 미디어의 기대는 높아서, 전 세계 수천 명의 기자들이 영원의 도시에 몰려들었다. 추기경들은 새로운 시노드 홀에 모였고, 교황청 정문 밖에는 기자, 사진기자, 비디오 기사들이 벌 떼처럼 모여들어 이들을 기다렸다.

텔레비전 카메라는 교황 후보의 얼굴을 면밀히 비췄다. 베르고글리오 신부는 가벼운 발걸음으로 걸어왔지만 아무도 그를 알아보지 못했다. 텔레비전 뉴스에서는 그의 경로를 여러 번 보여주었지만 아무도 그에게 말을 걸지도, 질문을 하지도 않았다.

8년 전과 오늘의 상황은 얼마나 다른가! 전임자 요한 바오로 2세의 후임자를 뽑았던 115명 중 113명의 추기경처럼 부에노스아이레스의 대주교는 자신의 첫 콘클라베를 맞이했다.

로마는 위대한 교황 요한 바오로 2세에게 존경을 나타내기 위해 몰려든 순례자들로 가득했다. 그들은 며칠 밤낮을 폴란드 출신의 교황을 기리는 행진을 했고, 이는 추기경들에게 다소 영향을 미쳤다. 다시 말해 빨리 새 교황을 뽑으라고 촉구하는 몸짓이었다.

라칭거의 선출을 쉽게 하려고 미리 상황을 조율하는 사람도 있었다. 알폰소 로페즈 트루히요 콜롬비아 추기경은 베네딕토 16세의 강력한 옹립자였다.

콘클라베는 신속하게 이루어졌다. 추기경들은 2005년 4월 18일 저녁에 모여 다음 날 오후 네 번째 투표에서 교황을 선출했다. 놀랍게도 라칭거 다음으로 많은 표를 받은 후보는 다름 아닌 부에노스아이레스의 대주교였다. 그는 아무런 준비도 하지 못했다. 일부 동료들은 이미 그때 그에 대한 신뢰를 나타냈고, 그때부터 많은 사람들이 그에게 관심을 갖게 되었다.

아침에 진행된 두 번째 투표에서 베르고글리오는 라틴어로

Eligo in Summum Pontificem(나는 이 사람을 최고 교황으로 선택한다.)가 인쇄된 투표용지에 자신의 이름이 적힌 표가 4분의 1이나 된다는 사실을 알았다.

하지만 점심이 지난 뒤 일이 벌어졌다. 라칭거를 선호하는 선거인단의 수는 계속 늘어났고, 베르고글리오의 지지자 그룹은 교황을 선출할 정도의 수는 아니지만 다른 후보를 저지할 수 있는 숫자가 된 것이다.

오후 첫 투표에서 상황이 바뀌어 아르헨티나 추기경이 몇 표를 잃고 라칭거가 선출되었다. 그날 저녁 베네딕토 16세가 전 세계에 축복을 내린 후 베르고글리오 추기경은 성 마르타의 집에 있는 방을 떠나 교황의 방으로 걸어갔다. 새로 뽑힌 교황과 이야기하고 싶었지만 바티칸 경찰이 지키고 있어서 포기해야 했다. 아마 그래서 베르고글리오가 교황으로 선출된 2013년 3월 13일 저녁 '형제 추기경들'과 함께 식탁에서 보통의 삶의 순간을 나누고 싶어 했을 것이다.

최근의 콘클라베 역사를 살펴보면 전 콘클라베에서 2등을 했던 후보가 다음 선거에서 교황이 된다고 장담할 수는 없다. 더욱이 베르고글리오 신부는 이미 76세였다.

콘클라베는 시작하기도 전에 선거에 압력을 넣으려는 시도로 어려움을 겪었고, 키스 오브라이언 스코틀랜드 추기경을 비난하는 사건으로 상황이 복잡해졌다.

사도좌 공석 기간에는 지금은 은퇴한 로저 마호니 로스앤젤레스 대주교가 비난의 표적이 되었다. 성추행 희생자 단체가 그를 콘클라베에서 제외해야 한다고 주장했던 것이다. 추기경은 아이들과 청소년을 성폭행한 사제의 사건을 잘 처리하지 못했다. 그리고 언론, 심지어 가톨릭 신문기자들도 미국의 추기경을 반대하는 여론조사를 해서 바티칸이 시스티나 성당에 그를 들이지 말 것을 촉구하는 메시지를 보냈다.

마호니에 반대하는 논쟁은 당황스러웠다. 반대자들은 1980년대와 1990년대 그의 교구에서 벌어진 아동 성추행 사건에 대해 제대로 조치를 취하지 않았고, 보고도 충분하지 않았으며, 은폐하려 했다는 것이 사임한 교황의 후임을 고르는 선거에서 그를 빼야 하는 이유라고 주장했다.

그러나 1996년 요한 바오로 2세의 사도헌장 〈주님의 양 떼 Universi Dominici gregis〉에 따르면 "추기경 단장이 새 교황을 뽑기 위해 추기경을 소집하면 모든 추기경 선거인단은 소집 공문에 복종해 투표를 위해 지정된 장소에 나가야 한다. 병이나 다른 중대한 방해 사항이 있을 때는 제외될 수 있지만 추기경단에 반드시 상황을 알려야 한다"라고 말했다. 교황 선거인단의 권리는 오랫동안 압력이나 상황에 무릎 꿇지 않고 지켜온 콘클라베의 신중한 규범이었다.

이러한 중요한 권리를 행사할 자격이 없는 추기경이 있다는 생각과 이 '자격 없음'이 미디어의 논쟁을 통해 결정된다는 생각은 위험한 선례가 될 수 있다. 실제로 자기가 훨씬 순수하다고 생각하며 다른 사람들은 시스티나 성당에 들어갈 자격이 없다고 비난하는 사람은 언제나 있게 마련이다.

교회는 때로는 실패했지만 언제나 외압과 간섭으로부터 콘클라베를 보호하기 위해 노력해왔다. 2005년에는 몇 년 전 자기 교구의 아동 성추행 사건으로 사임 압력을 받아온 보스턴 전임 대주교 버나드 로의 콘클라베 참가에 반대하는 소동이 있었지만, 그의 '부적격성'에 반대하는 시위는 마호니만큼 거세지 않았다.

이런 구체적 사례 속에서 로스앤젤레스 전임 추기경이 사제의 성추행 사건의 심각성을 과소평가하고 실수를 저질렀다는 사실을 기억해야 한다.

10여 년 전, 요한 바오로 2세와 라칭거 추기경이 이러한 상황을 조사하는 새로운 기준을 만든 이후, 마호니는 이를 신속하게 적용하여 처리했다. 그가 적극적으로 이 원칙을 적용해 개입했다는 것은 여러 문서로 증명되었다.

또 수십 년 동안 이러한 스캔들의 접근 방식이 로마 교황청 내에서조차 너무 소극적이었다는 사실을 간과해서는 안 된다. 왜 마호니만 콘클라베를 포기해야 하는가? 요한 바오로 교황청이 연쇄 성추행자인 그리스도의 레지오 수도회의 창립자 마르시알 마시엘 신부를 보호하고 무조건적인 존경을 보인 것은 어떻게 할 것인가?

마호니 추기경의 콘클라베 참여 논쟁은 정치적 올바름의 기치 아래 콘클라베를 경쟁에서 떨어뜨려야 하는 사람들을 문자 메시지로 투표하고 대중이 '후보를 정하는' 방식인 리얼리티 쇼를 방불케 할 정도의 과도한 압력을 넣고 있었다.

교황청은 거세게 비난하며 이 문제에 개입했지만 보통 사람들도 마찬가지였다. 마호니 추기경만 비난의 화살을 맞아야 할 것은 아니기 때문이었다.

아일랜드와 벨기에에서 일어난 성추행을 생각해보라. 사람들은 다닐스 추기경과 브래디 추기경은 콘클라베에서 제외되어야 한다고 주장했다. 이탈리아에서는 바티리크스라는 독이 든 연기와 세 명의 추기경이 제출한 비밀 보고에 대한 터무니없는 추측이 난무하는 가운데, 바티칸 국무원은 국제적인 논쟁에서 교황 선거를 보호하기 위해 노력하고 있었다. 바티칸은 '개인과 조직에 심각한 피해를 주는 확인되지도, 확인될 수도 없거나 완전히 날조된 이야기들'이라고 비난한다. 그리고 어떤 사람들은 이를 이용해 콘클라베를 하기 위해 오는 추기경들에게 영향력을 행사하려 한다.

"수 세기 동안 추기경들은 다양한 형태의 압력을 받았고, 이는 사람들이 정치적, 세속적 논리에 따라 결정에 영향력을 행사하려 했기 때문이다."

발표 성명은 이렇게 말하고 있다.

"과거에는 소위 말하는 권력, 예를 들면 국가가 교황 선거에 영향을 미치려고 했다. 하지만 오늘날에는 여론이 그 역할을 하고 있고, 여론이란 것은 교회의 영적 관점을 전혀 생각하지 않은 것이다."

"그렇기 때문에 콘클라베 날짜가 다가올수록, 추기경 선거인단이—양심과 신 앞에서—자유롭게 자신들의 선택을 표현하는 순간이 다가올수록, 개인과 조직에 심각한 피해를 일으키는 확인되지도, 확인될 수도 없는, 심지어 완전히 날조된 이야기들이 널리 유포되는 것을 보면 개탄스럽다."

문건은 이렇게 끝맺는다.

"전례 없이 가톨릭 신자들은 본질에 초점을 맞추고 있다. 그들은 베네딕토 교황을 위해 기도하고, 성령이 추기경단을 인도하도록 기도하고, 미래의 교황을 위해 기도한다."

바티칸 공식 문서 외에도 교황청 대변인 페데리코 롬바르디 신부도 강력하게 목소리를 냈다.

"사실 가십이나 잘못된 정보를 퍼뜨리고 때로는 중상모략이라는 진부한 방식으로 혼란에 빠지게 하고, 교회를 못 믿게 해서 영적으로 순진한 사람들이 놀라고 방황하는 것으로 이익을 얻으려는 사람들이 적지 않다. 또는 여러 가지 이유로 반대하는 후보에게 투표하지 않도록 권리 행사에 영향을 끼치려는 압력도 많다."

대변인의 어조는 상당히 심각했고, 과감하게 대중매체가 성직자의 서열을 비판하는 것을 왕과 황제들이 개입해 베드로의 후임을 뽑았던 지난 시대의 유물에 빗대어 말했다.

마호니 추기경에 대한 논쟁이 잠잠해지자 이번에는 오브라이언 폭탄이 터졌다. 이전 신학대 학생들이 1980년대 오브라이언 스코틀랜드 추기경이 성추행을 했다고 고발한 것이다.

그는 처음에는 강력하게 부인하더니 결국 과실을 인정했다.

"제 성적 행동이 사제로서, 대주교로서, 추기경으로서 기준 이하로 떨어진 때가 있었다."

그리고 '그가 괴롭힌 사람들과 가톨릭교회, 스코틀랜드 국민에게' 사과했다.

베네딕토 16세는 퇴임 전날 이 스코틀랜드의 에든버러 대주교가 늙은 나이를 이유로 몇 달 전에 제출한 사임을 수락했다. 그러나 새로운 교황을 선출하는 권한의 상징인 보라색 모자를 가져가지 않았다. 그래서 오브라이언 추기경은 선거인단으로 남아 있었지만 로마의 콘클라베에 참여하지 않겠다고 발표했다.

건강상의 이유로 인도네시아를 떠날 수 없었던, 지금은 은퇴한 자카르타의 대주교와 오브라이언 대주교가 두 명의 불참 선거인단이 되었다.

사도좌 공석을 며칠 앞두고 베네딕토 16세는 2013년 성 베드로 사도 축일인 2월 22일에 콘클라베의 규칙을 개정한 자의교서 '일부 규범'을 공표했다.

문서에서 가장 중요한 개정 사항은 교황 선출에 관련해 '추기경단은 콘클라베의 시작을 앞당길 수 있다'라는 문구에서 나타난다. 은퇴한 교황은 후임 교황을 선택하는 투표는 1996년 요한 바오로 2세가 명문화한 사도좌 공석 기간 시작 일부터 15일이 경과하기 며칠 전에 시스티나 성당을 격리해 콘클라베를 시작할 수 있다고 개정했다.

더 빠른 날짜를 정하는 문제는 3월 4일 월요일에 있을 추기경 회의에서 결정될 것이다. 로마에 소집된 80세 이하의 모든 추기경은 콘클라베에 참여할 권리가 있다. 모든 선거인단이 출석하고 부득이한 이유로 참석하지 못한 선거인단은 미리 불참 이유를 알리고, 추기경단이 그 이유를 승인했을 때 날짜를 앞당길 수 있다.

개정 후의 사도헌장 37조는 다음과 같다.

나는 사도좌가 합법적으로 공석이 되는 순간부터 부재자를 기다리기 위해 만 15일이 경과한 후 콘클라베가 시작되어야 한다는 것을 선포한다. 그럼에도 추기경 선거인단의 전원 출석이 확인되면 콘클라베 시작을 앞당길 수 있다. 추기경단은 심각한 이유가 있을 때 선거 시작을 며칠 더 연기할 수 있다. 그러나 사도좌의 공석 시작으로부터 최대 20일이 지나면 출석한 모든 추기경이 선거를 진행해야 한다.

베네딕토 16세는 콘클라베 날짜를 '앞당기지' 않았고, 추기경에게 그렇게 하도록 제안하지도 않았다. 다만 교황이 사임하고 사도좌의 공석 시작 일이 미리 발표되는 전례 없는 상황을 고려해, 결정을 내릴 수 있는 선택권을 주었다.

그렇기 때문에 선거 절차를 바꾸는 근본적인 개정은 이루어지지 않았다. 라칭거 교황은 몇 년 전에 그보다 훨씬 중요한 규정을 개정했다. 그는 교황을 선출하기 위해서는 언제든지, 그리고 어떤 상황에서든지 아무리 여러 번 투표한다고 해도 3분의 2의 득

표를 얻어야 한다는 규정을 부활시켰다.

춥지만 햇살이 내리쬐는 3월 4일 월요일, 추기경들은 회의를 시작했다. 많은 부분이 행정과 교황청 개혁에 대한 것이었다. 교황청 '기구'의 관리 방침을 바꾸기 위해 이전에 이렇게 많은 고위 성직자가 공개적으로 소집된 적이 없었다.

교황청은 바티리크스 스캔들—교황 집사가 훔친 비밀 문건 출간—과 비협조와 역기능으로 붕괴된 상태였다. 이렇게 이전과 다르게 솔직하고 진실되게 하나씩 이야기하며 추기경들은 법정 구성, 협동, 주교 회의에서의 소통 등의 주제를 언급했다. 그들은 로마와 현지 교구의 지난 몇 년 동안의 관계에서 온 경험의 결과—확실히 긍정적 경험은 아니다—를 말했다.

여러 유력한 추기경들은 직접적인 질문을 받았다. 바티리크스 사건에 대한 정보 요청이라든가 교황청과 교황청 국무원의 관리 변화에 대한 필요성을 언급하는 것이었다.

첫 번째 요청에 대해서 라칭거 교황은 도난 문건, 더 넓게 말하면 교황청 스캔들에 대해 헤란즈, 톰코, 데 조르조 추기경에게 조사를 맡겼고 후임자에게 이미 보고한 상태였고, 콘클라베 전의 추기경들에게는 공개되지 않았다.

그럼에도 그 주제에 대해 질문하는 추기경 선거인단에게 조사를 맡았던 세 명의 특사는 일부 정보를 제공했다. 강당에는 연관되었다고 추정되는 사람들의 이름이 나왔고, 여기에는 바티칸의 주요 인사와 국무원, 최근 몇 년 동안 가장 연관이 많았던 이탈리아 주요 지도자들도 포함되어 있었다.

전 국무원장 타르치시오 베르토네 추기경은—현재 교황청 재정관을 맡고 있어 교황 공석 기간에 특수 권한을 가졌다—관리 스타일에 대해 집중적인 비판을 받았다.

교황청 교회법평의회 의장 프란체스코 코코팔메리오 추기경이 제출한 개정안을 시작으로 교황청 개혁에 더 이상 늑장 부리면 안 된다고 말했다. 지금은 은퇴한 베네딕토 16세가 재의 수요일 행사에서 개혁을 하지 못한 아쉬움을 인정하며 언급했던 것이다.

그런 후 교황과 부서장의 소통 필요성에 대한 논의가 있었다. 다시 말해 교황과 항시적인 의견 교환과 대화가 필요하다는 것이다.

한때는 '예정된 접견'이라는 것이 있었는데, 이는 1년 동안 미리 달력에 표시된 회의를 말한다. 각 부서 장관과 차관은 교황 면담권이 있어서 직접 문제를 듣고 결정을 내릴 수 있었다. 최근에는 '예정된 접견'의 수가 줄어들었고 교황청 주교성 장관과 전 성성 장관 등의 몇몇 부서장과의 만남만 관례로 남아 있다. 국무원이 접견 조율 기관인데, 최근에 한 부서장 추기경은 교황을 만나기 위해 몇 달을 기다리기도 했다.

콘클라베 전에 그들은 교황청 내, 특히 각 부서 간에도 정보 교환과 협력이 더 많이 필요하다고 했다. 중앙과 지역 교구, 주교단 회의와 교황의 관계에서도 같은 내용이 적용된다. 지역 교회의 요구를 더 많이 수용하는 것이 중요하다. 최근 몇 년 동안 교황청 역사에 오점으로 남을 사건이 반복되는 것을 막으려면 더 많은 주교들이 행정에 참여해야 한다는 것이다.

이런 맥락에서 교회의 중앙정부를 이끌고 개혁안을 제시하는 활동이 이루어졌다. 독일의 발터 카스퍼와 오스트리아의 크리스토프 쇤본, 헝가리의 피터 에르도, 페루의 후안 루이스 시프리아니 토르네, 프랑스의 앙드레 뱅 트루와, 스페인의 안토니오 마리아 루코 바렐라, 인도의 이반 디아스, 슬로베니아의 프란츠 로데, 이탈리아의 지오반니 바티스타 레가 주축 인물이다. 주교의 활발한 행정 참여와 교황청 국무원이 주도적으로 만든 교황 고립 사태를 바로잡자는 것이 회의에서 무게 있게 다뤄졌다.

전체 회의에서 다룬 또 다른 주제는 IOR 바티칸 은행의 경영이었다. 은행장인 에토레 고티 테데시를 해고한 이후 지난 몇 년 동안 점점 더 악화되고 있었다.

하지만 전체 회의에서 고위 성직자의 논의 주제가 교황청 문제에만 집중되지는 않았다. 추기경들은 새로운 복음 전도에 대한 필요성을 느끼고 있었다.

베네딕토 16세가 열어놓은 길을 어떻게 계속 이어갈 것인가? 세속화된 사회에서 신앙과 멀어진 사람들에게 어떻게 새로운 방식으로 복음을 전할 것인가? 기독교의 사명과 복음 전파는 회의에서 가장 많이 다룬 주제였다.

베르고글리오 추기경은 3월 7일 목요일 아침 연단에 서서 주어진 5분을 다 쓰지 않고 3분 30초 동안 연설을 했다. '신의 사랑과 자비에 대한 기쁨 넘치는 선언'과 사람들과 가까이 있는 교회에 대한 이야기였다.

　그의 말을 들은 몇몇 성직자는 이렇게 논평했다.

　"그의 말은 진심에서 우러나온다."

　며칠 동안 열린 회의와 점심과 저녁과 티타임을 거치면서 부에노스아이레스의 대주교가 후보로 윤곽이 잡힌 것이다. 그는 엄격한 의미에서 킹메이커도, 미리 조직된 선거 캠페인도 없었다. 대신 보편적이고 통합된 존경심이 형성되어 있었다.

　그에게 투표하려던 사람들 중에는 아시아와 아프리카 추기경들과 남미 출신, 미국 심지어 교황청의 이탈리아 추기경도 포함되어 있었다.

　지리학적 위치는 콘클라베에서 중요하지 않았다. 베르고글리오가 첫 남미 출신 교황이라고 해도, 그의 출신지가 당선을 결정짓는 중요한 요소가 되지는 않았다. 그래서 미디어가 교황 후보를 소개할 때―밀라노 대주교인 이탈리아의 안젤로 스콜라, 교황청 주교성 원장인 캐나다의 마르크 우엘레, 미국 보스턴 대주교인 션 패트릭 오말리와 뉴욕의 대주교인 티모시 마이클 돌란―많은 성직자들은 베르고글리오에 주목하기 시작했다. 그는 국제 미디어의 스포트라이트를 받지 못했다.

　일주일 동안의 회의 끝에 탁자 위의 제안들은 더 구체화되었고, 후보는 압축되었다. 8년 전보다 더 복잡해진 콘클라베가 코앞으로 다가왔다.

　3월 11일 월요일, 이날은 콘클라베를 위한 마지막 전체 회의가 예정되어 있었고, 24시간 후면 콘클라베가 시작될 것이다. 베르고글리오 신부는 스크로파에 있는 숙소에서 아침 미사를 진행하지 않고 봉사를 했다. 임시로 머무는 젊은 사제 중 한 명을 대신해 추기경인 그가 복사단 역할을 했다. 그의 겸손함을 보여주는 행동이고, 비서 존 마기 신부를 위해 종종 미사를 도왔던 루치아니(요한 바오로 1세)를 생각나게 한다.

아침 6시 30분이었다. 다음 날 저녁, 한 젊은 사제를 위해 미사를 도운 예수회의 나이 든 주교는 시스티나 성당의 둥근 지붕 아래에서 진행된 투표에서 자신의 이름을 여러 번 듣게 될 것이다.

3월 12일 화요일, 로마에는 비바람이 휘몰아쳤다. 성 베드로 성전에서 안젤로 소다노 추기경은 교황 선거를 위한 특별 미사를 집전했다. 이는 콘클라베에 참여하는 80세 이하 추기경과 80세 이상으로 선거에 참여하지 않는 나이 든 추기경이 모두 참여해 봉헌하는 미사였다.

소다노 추기경은 8년 전 요제프 라칭거가 사용한 붉은 제의를 그대로 입었다. 그 당시 자신이 뽑혔던 콘클라베 전의 미사에서 라칭거 추기경은 걱정스러운 목소리로 공격의 대상이 된 교회 상황을 이야기했다.

"최근 수십 년 동안 우리는 너무나 많은 교리, 이념, 사상의 홍수를 겪어왔습니다. 마르크스주의, 자유주의, 방탕주의, 전체주의 이념에서 급진적인 개인주의 이념, 무신론부터 종교적 신비주의, 불가지론에서 통합주의 등등 셀 수도 없습니다."

그리고 이렇게 마무리했다.

"주 예수의 자비는 값싼 은총이 아닙니다. 악을 왜소화시키지도 않습니다."

이와는 대조적으로 소다노의 강론은 자비에 대한 찬양이었다.

"예수의 자비는 우리가 고통, 부정, 가난과 인간의 모든 육체적, 도덕적 연약함을 깨달을 때 느껴지는 사랑입니다. 그리스도가 '자비의 소명'을 여러분 교회 목사에게 맡겼고, 특히 로마 주교에게 부여하셨습니다."

콘클라베에 들어가지 않지만 여전히 전체 회의를 이끄는 추기경 단장이 말하는 능력은 교황청에 채찍을 휘두르는 관리자, 교황이나 세속화된 사회를 비난하는 엄격주의자가 아니었다. 교회는 보안관이나 대리 행정관이 필요하지 않다. 마음에 희망을 전해줄 열정적이고 순수한 복음의 증인이 필요하다.

소다노 단장이 그리는 이미지는 무엇보다도 복음 전도에 헌신하고, 자비로운 그리스도를 찬양하는 사람이고, 교회 발전에 가장 최전선에 서 있는 사람이어야 한다. 추기경 단장은 라칭거 교황과 바오로 6세의 '민족의 발전' 회칙을 인용하며 환기시켰다.

소다노 추기경은 강론에서 교회의 통일을 위해 교황이 하는 임무에 대해 말한다.

"우리 모두는 교회의 통합을 위해 노력해야 합니다. 그렇기 때문에 베드로의 후임자에게 협력해야 할 소명이 있습니다."

이는 교회 중앙정부 운영에서 주교들이 행정 회의에 더 많이 참여할 수 있도록 넌지시 요청하는 것일 수 있다.

또 소다노 단장은 다음과 같이 말했다.

"목사 집회실이 보편화될수록 목자의 자비는 분명 더 커질 것입니다."

요한 바오로 2세 재임 동안 교황청 국무원장이었던 이 추기경은 강조한다.

"교황은 지칠 줄 모르고 정의와 평화를 증진하고, 세계 공동체와 사람들에게 도움이 되는 계획에 참여해야 합니다. 차기 교황이 전 세계적으로 이런 임무를 계속할 수 있도록 기도합시다."

교황의 국제적 역할은 최근 세계의 주요 위기와 관련해 새로운 차원으로 나아가고 있다.

소다노 단장은 기도를 독려하며 강론을 마무리했다.

"관대한 마음으로 자비를 나누는 의무를 떠맡을 교황을 우리에게 허락해주십시오."

그의 강론에서 교황의 자격은 특히 베르고글리오라는 인물과 부합해 보인다. 부에노스아이레스 대주교가 전체 회의에서 한 말과 소다노 추기경이 한 강론의 핵심 단어는 공통적으로 '자비'였다.

그날 오후 4시 30분, 115명의 추기경 선거인단은 바오로 성당에서 시스티나 성당으로 장엄 행렬을 진행하며 성령을 불러일으켰다. 지오반니 바티스타 레 추기경이 그들을 인도했다. 선거인단은 성서에 대고 비밀 서약과 자신이 뽑히면 베드로 역할을 수행하겠다는 서약을 했다.

"교황 선거에 참석한 추기경들은 개인이자 단체로서 우리 가운데 하느님의 섭리로 누가 교황에 선출되든 보편 교회의 사제로서 베드로의 교의 임무를 충실히 수행할 것과 교황의 영적, 세속적 권리와 자유를 힘껏 지지하고 보호할 것을 약속하고 맹세하고 선서합니다."

교황 전례 예식을 주관하는 귀도 마리니 추기경이 외부인 전원 퇴장 extra omnes 을 선언하고 나서 투표인단은 프로스페르 그레크 추기경(80세 이상이라 콘클라베에 참여하지 못함)이 주도하는 묵상을 한 후 바로 첫 번째 투표를 시작했다.

첫 번째 투표는 예비 투표 성격을 띤다. 얼마나 많은 후보자가, 또 어떤 후보자가 있는지 평가할 수 있다. 호르헤 베르고글리오는 처음부터 많은 지지를 받았다. 다른 표들은 안젤로 스콜라 추기경, 마르크 우엘레, 오딜로 페드로 스체레르 추기경에게 나뉘었다. 그에게 표를 던진 추기경에는 아시아, 아프리카 성직자들, 남미와 미국 추기경, 심지어 이탈리아 추기경도 포함되어 있었다.

우리는 전체 추기경 회의에서 베르고글리오가 한 연설과 2005년 콘클라베 이후 여러 포럼—주교 회의나 2007년 아파레치다에서 열린 라틴아메리카 주교 회의 등—을 통해 아르헨티나 추기경의 위상이 높아졌다는 사실을 잊어서는 안 된다.

3월 12일 화요일 저녁 콘클라베 '예비' 투표는 후보로서 그의 견고함을 보여주었다.

그날 저녁 추기경들은 성녀 마르타의 집에서 저녁을 먹으며 이야기하고 기도했다. 첫 번째 투표를 끝내고 맞은 밤은 추기경들이 시스티나 성당에 확신을 가지고 들어갈 수 있는 사색의 기회를 주었다.

3월 13일 수요일 아침, 추기경들은 서둘러 투표를 시작했다. 정오에 굴뚝에서 나온 연기는 검은색이었다. 그러나 콘클라베 첫날 마지막 투표에서 '라칭거 효과'가 베르고글리오에게 미치는 것 같았다. 아르헨티나 추기경이 수요일 저녁 하얀 연기가 나올 때까지 지지율이 계속 높아가고 있었던 것이다.

브라질 추기경 레이문도 다마쉐노가 말했다.

"남미 추기경들은 베르고글리오의 가치를 높이 평가했고, 많은 사람들도 거기에 동참했다."

그날의 마지막 투표에서 교황이 결정되었다. 부에노스아이레스의 추기경이 이미 3분의 2에 가까운 득표수를 얻었다. 투표가 진행되는 동안 베르고글리오는 옆에 앉은 친구 클라우디오 우메스 추기경 덕에 마음이 편했고, 나중에 그는 교황 이름을 짓는 데 도움을 준다.

저녁 7시 5분—안젤로 코마스트리 추기경이 기록한 시간이다—, 부에노스아이레스의 추기경은 추기경 단장의 질문에 "수용합니다 accepto"라고 대답하고 "교황 이름은 프란치스코입니다"라고 선거인단에게 말했다.

교황은 3월 16일 기자 간담회에서 교황 이름을 선택한 배경에 대해 설명했다. 2,000년 교회 역사에서 베드로의 후임자가 프란치스코 이름을 딴 적은 처음이었다. 선거 날 저녁부터 아시시의 빈자를 선택하면 안 된다고 하는 사람도 있었다.

"어떤 사람들은 왜 로마의 주교가 '프란치스코'라는 이름을 선택했는지 이해하지 못할 겁니다."

교황은 말을 이었다.

"프란치스코 하비에르, 프란치스코 살레지오 등을 생각하는 사람도 있습니다."

사실 사람들은 예수회 교황이 프란치스코회를 세운 사람의 이름을 정한 것이 이상하다고 생각했다. 이 이름은 친구를 껴안고 위로받는 과정에서 나온 것이다.

선거가 진행되는 동안 제 옆에는 상파울루의 명예 대주교이자 성직자성 퇴임 장관인 클라우디오 우메스 추기경이 있었습니다. 우리는 아주 친한 사이입니다. 상황이 '위험하게 되자' 그가 저를 격려해주었습니다. 득표 수가 3분의 2가 되자 환호가 이어졌습니다. 교황이 선출되었으니까요. 친구가 저를 껴안으며 '가난한 사람을 잊지 마십시오'라고 말하더군요.

교황의 말은 계속 이어졌다.

그 말이 여기에 (자신의 이마를 두드리며) 떠올랐습니다. 가난한 사람들. 그러자 가난한 사람들과 연결되는 아시시의 프란치스코가 생각났습니다.

그리고 투표가 진행되고 개표가 끝날 때까지 전쟁을 생각했습니다. 프란치스코는 평화를 사랑하고, 피조물을 사랑하고 보호하는 분이었습니다. 지금은 우리가 피조물과 관계가 좋지 않은 시점이지 않습니까? 그는 우리에게 평화의 정신, 가난한 자의 정신을 일깨워준 분입니다. 저는 가난한 교회, 가난한 자를 위한 교회를 바랍니다.

이 의미심장한 말을 통해 전례 없는 교황 이름의 기원을 알 수 있을 것이다.

프란치스코 교황은 가난한 자를 위한 교회, 동시에 교황으로서 첫 출발점에서 확실한 신호를 보냈다. 그리고 이 주제로 계속 다른 추기경들의 말을 기자에게 전했다.

"그 후에 매우 재치 있는 말이 오갔습니다. '아드리안이라고 하시지 그랬어요. 아드리안 6세는 개혁자이고, 우리는 개혁이 필요하지 않습니까?'"

실제로 그 전날, 추기경들은 교황청의 개혁에 대해 이야기했다.

"또 다른 형제는 이런 말을 했습니다. '안 돼요, 안 돼. 이름은 클레멘스로 해야 합니다. 클레멘스 15세. 그래서 예수회를 탄압한 클레멘스 14세에게 복수해야죠.'"

그는 1773년 예수회 해산 명령을 내렸던 프란치스코회 교황이었다. 그런 예수회에서 처음으로 로마 주교가 아시시의 빈자 이름을 선택한 것은 운명의 아이러니가 아닐 수 없다. 교황은 가난한 사람들을 위한 가난한 교회를 원했다.

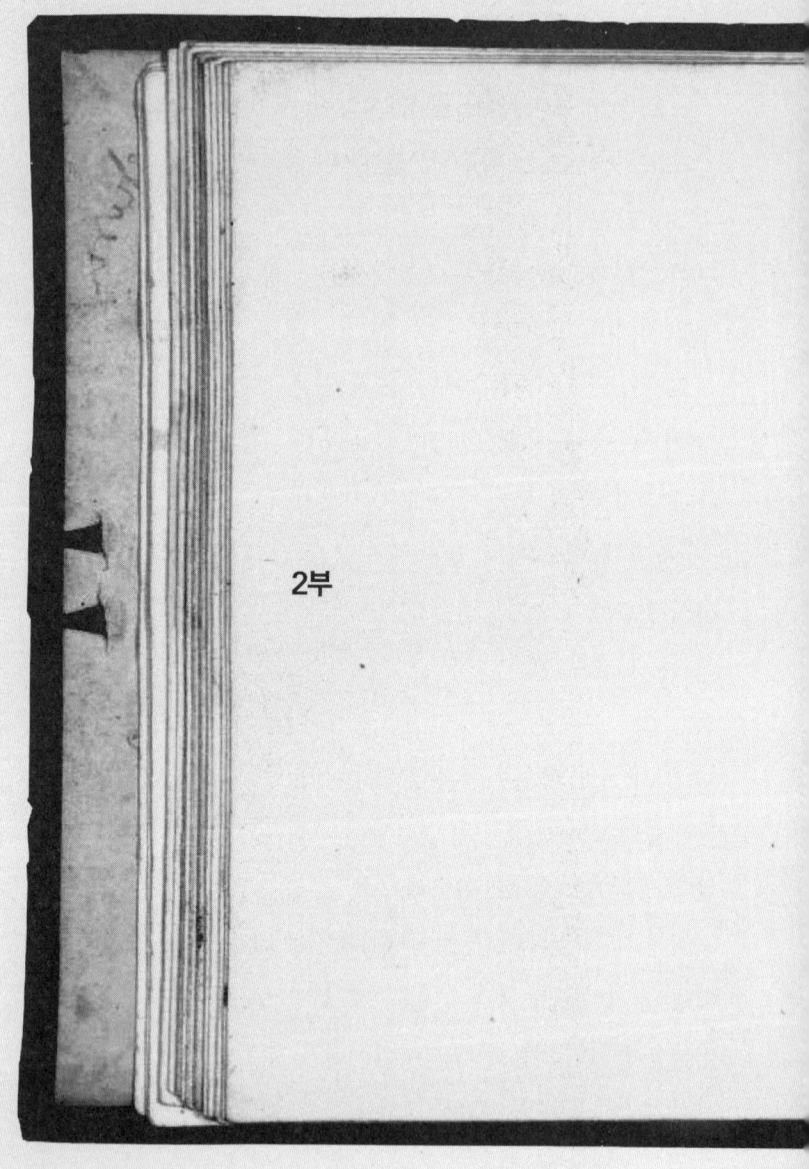

2부

따뜻한 리더의 밑거름, 가족과 영성

4장

이주민 베르고글리오 가족의 아르헨티나 정착

1929년 1월 무더운 아침이었다. 지오반니 베르고글리오 가족은 긴 항해 끝에 부에노스아이레스에 도착했다. 열기와 습기에도 아버지의 할머니 로사 마르가리타 바사죠 여사는 모피 깃을 두른 외투를 입고 있었다. 외투 속에는 가족의 재산을 모두 처분한 돈이 들어 있었다.

베르고글리오 가족은 피에몬테 아스티 지방의 작은 마을인 포르타코마로를 떠나왔다. 그리고 그 전 1800년대 초반에 아스티에 있는 카스텔 누보에서 이곳으로 이주해왔다.

재산을 처분하는 일이 예상보다 오래 걸려서 베르고글리오 가족은 원래 타려던 프린시페사 마팔다호에 오르지 못했다. 그런데 이 배는 브라질 북부에서 난파되어 수백 명이 목숨을 잃었다. 며칠 후 줄리오 체사레호를 탄 베르고글리오 가족은 무사히 부에노스아이레스에 도착할 수 있었다.

포르타코마로에서 과자점을 운영한 베르고글리오 가족이 모든 것을 버리고 이민을 선택한 것은 재정적인 이유 때문이 아니었다. 제1차 세계대전이 끝난 후 경제 상황이 좋지 않았지만 베르고글리오 가족이 그런 이유로 이탈리아를 떠날 필요는 없었다. 그들은 무엇보다도 가족들과 재결합하기 위해 아르헨티나를 선택했다. 미래 교황의 할아버지의 세 형제는 이미 저 먼 곳 남미에서 사업을 하고 있었다. 물론 이민을 결정하는 데 정치적 동기를 배제할 수는 없었다.

교황의 누이동생 마리아 엘레나 베르고글리오는 이렇게 말한다.

"상황은 어려웠지만 우리 가족은 그렇게 궁핍하지 않았어요. 파시즘 때문에 이탈리아를 떠나온 것이라고 아버지가 여러 번 말씀하셨던 것이 기억나요."

베르고글리오 추기경이 세르히오 루빈과 프란체스카 암브로게티 기자와 가진 방대한 인터뷰를 책으로 묶은 《예수회》에서 그는 이렇게 설명한다.

"할아버지의 세 형제 분은 1922년부터 정착하셨어요. 그분들은 파라나에서 사업을 하셨지요. 그러고는 4층짜리 베르고글리오 저택을 지었는데, 그 마을에서 엘리베이터가 있는 최초의 건물이었습니다. 형제들이 한 층씩 살았지요."

지오반니와 로사 부부의 아들이자 교황의 아버지인 마리오 베르고글리오는 이민 당시 21세였다. 그는 10년 동안 아르헨티나로 이민 온 53만 5,000명의 이탈리아 사람 중 한 명이었다.

하지만 포르타코마로에 와서도 친척간의 유대는 강하게 유지

되었다. 호르헤 베르고글리오는 추기경이 되어서도 피에몬테의 사촌과 이메일을 주고받으며 연락하고 있었다.

《아르헨티나의 이탈리아 이민자의 역사》를 쓴 페르난도 데보토 교수가 설명한다.

"개척자들의 에너지가 있었고, 소위 이민자 연합이 있어서 사람들은 기회를 희망하면서 친구나 친척의 도움으로 여행을 했습니다."

교황이 말을 잇는다.

"1932년 대공황으로 모든 것을 잃었어요. 가족 묏자리까지 팔아야 했지요. 종조부님이 사장이었는데 암으로 돌아가시고, 둘째 할아버지께서 사업을 계속해 재건에 성공하셨죠. 막내 할아버지는 브라질로 가셨고요. 할아버지는 2,000페소를 대출해 가게를 사셨어요. 아버지는 도로 포장재 회사에서 회계 담당으로 일하면서 물건도 틈틈이 배달하고 집안일을 도왔죠. 그러고는 다른 회사에 들어가셨어요. 여기에 왔을 때는 자연스럽게 처음부터 다시 시작했습니다. 이것이 아마도 우리의 강인함을 보여주는 예가 아닌가 싶습니다."

미래의 교황은 아르헨티나로 이민 간 이유로 '유럽적인, 특히 이탈리아 사람 특유의 가족과 함께한다는 생각'을 꼽았다.

호세 베르고글리오는 1935년 12월 12일 제노바와 피에몬테에 뿌리를 둔 아르헨티나인 레지나 시보리와 결혼했다. 1년 후 1936년 12월 17일 첫아이가 태어났고 호르헤 마리오라 이름 지었다. 그의 가족은 부에노스아이레스 플로레스 지역에 버건디색 타일이 깔린 작은 집에 살았다.

"부엌이 엄청나게 커서 그 집을 사신 것 같아요. 그 집을 사고, 다섯 아이를 어디에 두어야 할지 모르셨던 것 같아요."

교황의 여동생은 그렇게 추측했다.

교황은 그때를 추억했다.

"제가 13개월이 되었을 때 어머니가 둘째 알베르토를 낳으셨어요. 우리는 모두 다섯 남매입니다. 조부모님은 아주 가까이 사셨는데, 어머니를 도와주기 위해 아침에는 저를 데리러 오셨어요. 할머니는 저를 데려갔다가 저녁에 다시 집으로 데려다주셨죠. 조부모님은 피에몬테 말로 대화하셔서 그때 그 말을 배웠습니다. 그분들은 우리 모두를 사랑하셨지만 저는 그분들의 추억의 언어를 이해하는 특권을 누렸죠."

인터뷰에서 교황은 말한다.

"아버지는 과거에 대한 향수가 없었어요. 언제나 앞을 향해 간 분이었거든요. 예를 들면 피에몬테에 대해 한 번도 얘기하신 적이 없어요. 신학교에 다닐 때, 아버지의 선생님 중 한 분에게 서툰 이탈리아어로 답장을 썼던 기억이 납니다. 아버지께 어떤 단어의 철자를 물어봤는데, 초조한 얼굴이었어요. 그러고는 무뚝뚝하게 대답하셨어요. 빨리 대화를 끝내고 싶어 하는 것처럼 말이죠."

하지만 과거에 대한 향수가 없다는 말이 그가 출신을 잊었다는 뜻은 아니다.

"아버지는 이탈리아 사람들이 사는 방식, 그들의 가치에 대해 말씀하셨습니다. 우리에게 조국에 대한 사랑을 주입시키셨어요."

하지만 그는 호르헤 마리오, 알베르토 오라시오, 오스카 아드리안, 마르타 레지나, 마리아 엘레나에게 스페인어로 말했다. 베르고글리오 집안 형제들 중 마리아 엘레나만 하얀 옷을 입은 오빠가 성 베드로 성전의 로지아로 나오는 모습을 볼 수 있었다.

신임 교황은 여전히 조부모님에게서 배운 '라사 노스트라나'라는 니노 코스타의 시 일부를 기억하고 암송할 수 있다.

시의 첫 부분은 이렇게 시작한다.

> 그들은 바르고 진실되지만, 강한 맥박과 건강한 간을 가진
> 완고한 사람처럼 보인다.
> 그들은 조금 말하지만, 무엇을 말하고 있는지 안다.
> 그들은 천천히 걸어가지만, 멀리 간다.

베르고글리오 교황은 루이지 오르세니고가 쓴 《대 이동》에는 이탈리아 이민 상황에 대한 중요한 고찰이 담겨 있다고 말한다.

그는 부모님과 함께 놀았을까?

호르헤 베르고글리오는 고개를 끄덕인다.

"저는 브리스콜라(이탈리아 카드 게임)를 하며 놀았고, 아버지와 다른 카드놀이도 했어요. 아버지는 산 로렌조 클럽에서 농구를 했는데, 가끔 우리를 데려가셨어요. 어머니와는 토요일 오후 2시

베르고글리오 가족 사진. **뒷줄 왼쪽부터** | 여동생 마리아 엘레나, 어머니 레지나 시보리, 남동생 알베르토, 호르헤 마리오 신부, 남동생 오스카, 여동생 마르타와 그녀의 남편 앙리크 나바자. **앞줄** | 할아버지 후안, 할머니 로사, 아버지 호세 베르고글리오.

에 공영 라디오에서 방송하는 오페라를 함께 들었죠. 방송이 시작되기 전에 어머니는 그 오페라에 대해 설명해주셨어요. 가장 중요하고 유명한 아리아가 시작하기 전에는 반드시 알려주셨죠. 토요일 오후 형제들과 어머니와 함께 오페라를 듣는 시간은 예술을 음미하는 정말 아름다운 시간이었습니다."

베르고글리오는 가족들과 요리를 하면서 함께했던 순간을 회상한다.

"어머니는 다섯째를 낳고 한동안 몸이 마비되었습니다. 물론 나중에 회복되긴 했지만요. 그 당시 학교에서 집으로 돌아오면, 어머니가 재료를 준비해놓고 앉아서 감자를 까고 계실 때가 많았어요. 사실 우리는 어떻게 해야 할지 몰랐는데, 어머니가 재료를 섞고 조리하는 방법을 알려주셨어요. '자, 이제 이걸 그릇에 넣고 저건 팬에 넣어……' 이런 식으로 알려주셨죠. 이렇게 우리는 요리를 배웠어요. 우리 형제들은 적어도 밀라네사(쇠고기에 계란과 빵가루를 입혀 튀긴 음식)는 어떻게 만드는지 알고 있어요."

비록 주교가 된 뒤에는 요리할 시간이 적었지만……

"콜레지오 막시모에 살 때, 일요일에는 요리사가 없어서 학생들을 위해 제가 직접 요리했습니다. 맛요? 음…… 제 음식을 먹고 죽은 사람은 아직 없어요."

교황의 여동생 마리아 엘레나는 이탈리아 일간지 〈라 레푸블리카^{La Repubblica}〉에 가족생활에 대해 이야기했다.

제가 태어나기 전, 그러니까 호르헤 오빠가 열두 살이 되었을 때 어머니는 아이 하나를 잃으셨어요. 그리고 아버지가 심장 발작으로 돌아가셨을 때 제 나이 열세 살이었어요. 하지만 1959년까지 우리는 행복한 가족이었어요. 우리는 이탈리아 이민자 가정으로 아르헨티나에서는 '타노스'라고 불렸죠.

성스러웠던 일요일이 아직도 기억나요. 우리는 산 호세 교회에서 첫 미사를 드리고 오후에 늦은 점심을 오랫동안 먹었어요. 끝나지 않을 것 같은 아름다운 점심시간은 다섯 번째, 여섯 번째, 심지어 일곱 번째 코스까지 이어졌죠. 디저트도 있었어요. 우리는 가난했지만 품위를 지켰고, 언제나 이탈리아 전통에 충실했어요.

어머니는 정말 요리 솜씨가 뛰어났어요. 신선한 파스타, 라구, 리조토 피에몬테, 베이크 치킨 같은 음식을 만들어주셨죠. 아버지와 결혼할 때는 달걀 프라이도 못했는데, 로사 할머니가 비법을 전수해주셨죠. 로사 할머니는 여걸이었어요. 아주 용감한 분이었죠. 이탈리아 교회 강단에서 무솔리니의 파시즘 독재를 비난했다는 일화는 결코 잊지 못할 거예요.

프란치스코 교황의 여동생은 교황과 아버지와의 친밀함을 이야기한다.

아버지는 회계사였고, 집안에서 직업을 가진 유일한 분이었어요. 우리를 기르기 위해 얼마나 힘드셨는지 상상도 못하죠. 아르헨티나에 왔을 때 이미 학위가 있었는데, 그걸 인정해주지 않아 공장에서 일하셨어요.

회계 장부에 서명도 하지 못하셨어요. 다른 사람이 했죠. 그래서 이것 때문에 마땅히 받아야 하는 금액보다 더 적게 받으셨어요.

하지만 언제나 유쾌한 분이었고, 오빠를 보면 자주 아버지가 떠올라요. 아버지는 한 번도 화를 낸 적이 없으셨어요. 우리를 때리지도 않으셨죠. 그건 아르헨티나의 다른 가정과 이탈리아 이민 가정의 아주 큰 차이점이었어요. 한 가족의 가장이 남성성을 내세워 가족을 지배하지 않았으니까요.

우리가 잘못했을 때면 아버지는 무서운 눈초리를 하셨어요. 맏아들인 오빠도 마찬가지였겠지만, 우리는 그 눈초리 하나면 충분했어요. 가끔은 그 무서운 눈빛을 마주하는 것보다 회초리 100대를 맞는 게 훨씬 낫다고 생각했죠.

또 아버지는 어머니를 정말 사랑해서 언제나 선물을 가지고 오셨어요. 아버지는 제 손을 잡고 몰래 나가서 어머니에게 줄 선물을 샀어요. 오빠를 보면 두 분이 생각나요. 속을 채운 오징어 요리를 정말 잘하는 오빠를 보면 어머니가 생각나요. 하지만 무엇보다도 아버지가 더 생각나요.

일요일에 아버지는 집에서 일하셨어요. 어마어마하게 두꺼운 회계 관련 책들을 탁자 위에 올려놓고 축음기를 트셨어요. 작은 집 안에 음악이 울려 퍼졌죠. 주로 오페라를 들었는데, 가끔은 이탈리아 대중가요도 들으셨어요. 일요일에 우리는 고전음악을 자주 들었어요. 오빠는 지금도 아버지 같아요. 오페라를 사랑하고 탱고도 아주 좋아해요. 에디트 피아프도 좋아하고. 그리고 아버지처럼 우리 가족 중에 유일한 산 로렌조의 팬이기도 하지요.

베르고글리오 가족은 부유하지 않았지만 그렇다고 궁핍하지도 않았다.

우리는 가난했지만 품위가 있었어요. 집에서 우리는 아무것도 버리지 않았어요. 어머니는 심지어 아버지의 뜯어진 셔츠, 닳아빠진 바지로 우리 옷을 만드셨죠. 아마도 오빠들과 저의 절약 정신은 여기서 나온 게 아닐까 싶어요.
하지만 한 가지 다른 문제가 있었어요. 어머니는 같은 음식을 연속으로 내놓지 않으셨어요. 아버지가 알면 화내실 일이죠. 그래서 어머니는 남은 음식을 모두 다른 음식으로 만들었죠.

청년기의 호르헤는 친구들과 축구를 즐겨 했다. 그는 스포츠를 사랑하고 탱고를 무척 좋아한 젊은이였다. 그는 열두 살 때 근처에 사는 '아말리아'라는 소녀를 좋아했다. 아직도 그녀는 그 지역에서 자식과 손주들과 함께 살고 있다.
"우스갯소리를 곧잘 했지만 그는 신사였어요."
아말리아는 호르헤를 이렇게 회상한다.
"우리 가족은 피에몬테 이민자로 훌륭한 원칙을 따르고 있고, 아직도 사랑을 할 만큼 젊다고 생각해요."
그녀는 호르헤에 대한 자신의 애정이 심각한 것은 아니라고 말한다.
"물론 아니죠. 아직 애였는데요. 그냥 순수했어요. 함께 자라면서 특히 열두 살부터 더 자주 본 것 같아요."

아말리아는 조용하고 빛났던 어린 시절을 회상한다.

"우리는 주로 길가나 공원에서 놀았어요. 오후 내내 같이 시간을 보냈죠."

그 당시 이말리아는 그의 소명을 알고 있었다고 한다.

"한번은 이런 말을 한 적이 있었어요. '나랑 결혼하지 않으면 난 성직자가 될 거야.' 확실히 성직자라는 직업을 염두에 두고 있었지만 결정을 내린 건 몇 년 후였지요."

호르헤 베르고글리오는 자신을 성직자의 길로 그리고 예수회로 이끈 배경에 대해 다르게 이야기한다.

그가 초등학교를 마쳤을 때 아버지는 공부를 마치면 일을 하라고 하셨다고 한다.

"중학교에 가도 일은 해야 해. 네가 방학 동안에 할 수 있는 일을 찾아보마."

당시 열세 살이었던 호르헤는 당황해서 아버지를 바라보았다. 그가 일을 해야 할 만큼 집이 쪼들리는 것 같지 않았다.

"넉넉하지는 않았어요."

교황이 인터뷰에서 밝혔다.

"차도 없었고 여름방학에 여행을 가지도 못했지만, 우리는 그렇게 가난하지 않았어요."

아버지가 왜 그런 말을 하셨는지 몰랐지만 호르헤는 아버지의 말에 따랐다.

그는 양말 공장에서 일하면서 아버지의 도움을 받아 회계 공부를 했다. 첫 2년 동안 그는 청소만 했다. 3년째 되는 해 행정 일을 맡게 되었다. 4년째 큰 변화가 있었다.

호르헤는 식품 화학을 공부하는 기술전문학교에 다니기 시작했고, 아침 7시부터 오후 1시까지 실험실에서 일했다. 저녁 8시까지 이어지는 학교 수업을 가기 전까지 한 시간의 점심시간밖에 여유가 없었다. 공부와 일을 동시에 해야 하는 피곤하고 힘든 생활이었다.

그렇지만 새로운 교황은 열세 살에 아버지가 내린 결정에 감사드린다.

"아버지가 저를 일하게 해주신 것에 감사드려요. 어린 나이에 일하는 것은 제 인생에서 일어난 가장 좋은 일 가운데 하나였습니다. 특히 제가 일한 연구소에서 인간의 행동에서 나오는 선과 악을 배웠지요."

베르고글리오는 특히 실험실 실장이었던 여성을 기억한다.

"저는 정말 뛰어난 상사를 만났습니다. 파라과이 출신의 '에스더 발레스트리노 데 카레아가'라는 이 여성은 공산주의에 깊이 빠져 있었습니다. 그녀는 독재 기간 동안 딸과 사위가 납치된 사건을 겪고, 나중에는 두 명의 프랑스 수녀—알리스 도몽, 레오니 두켓—과 함께 납치돼 암살당했습니다.

저는 그녀를 매우 좋아했어요. 제가 분석서를 가져가면 "아, 정말 빠르군" 하면서 물었죠. "이 투약 양은 확인한 거야?" 저는 왜 양을 확인해야 하는지를 생각하며 대답했지요. 그런데 그녀가 말하더군요. "아니, 그렇지 않아. 일은 똑바로 해야지." 그러면서 저를 혼냈습니다. 그녀는 일에 임하는 진지함을 가르쳐주었습니다. 저는 진정으로 이 여인에게 커다란 빚을 졌습니다."

5장

9월 21일
청년 베르고글리오의
고해성사

하느님의 부르심은 호르헤 마리오 베르고글리오에게 날짜와 시간을 알 수 있을 정도로 확실했다. 보통 사람들은 언제나 뒤늦게 깨닫지만 가끔 자기 인생을 송두리째 바꾸는 사건이 일어날 것을 예측하는 사람도 실제로 존재한다. 그것은 어떤 특정한 순간에 예상치 못하게 터지는 일이다. 하느님은 우리가 그분을 찾기 전에 우리를 찾아오신다.

미래 교황은 당시 17세였고, 남반구여서 봄이 막 시작된 9월 21일에 '학생의 날' 기념 준비를 하고 있었다. 당시 호르헤 마리오는 가톨릭 신도 운동을 하는 한 소녀에게 애정을 느꼈다.

"맞아요. 저는 친구들과 춤을 추러 다녔어요. 그러다가 종교적 소명을 발견했습니다."

베르고글리오는 인터뷰에서 밝혔다.

9월 21일 그는 친구들과 학생의 날 준비로 소풍을 계획하고 있었다. 하지만 그날은 완전히 다르게 바뀌었다. 베르고글리오는 별다른 목적 없이 산호세 데 플로레스의 본당 교회에 갔다. 그곳에서 결정적 만남이 이루어졌다.

교회 안에서 전에 보지 못한 한 사제에게서 깊은 영성을 느낀 그는 그 사제에게 고해를 하고자 했다. 그리고 고해하는 동안 자신의 종교적 소명을 발견한 것이다. 그는 부름을 받았다는 사실을 알게 되었다. 기차역에서 자신을 기다리는 친구들을 만나지 않고 집으로 돌아갔다. 그는 이미 사제가 되기로 결정했기 때문이다.

"고해성사를 하는 동안 이상한 일이 일어났어요. 뭐라고 꼬집어 말할 수 없지만 그것이 내 인생을 바꿔놓았지요. 그건 무방비 상태에서 깜짝 놀란 듯한 느낌이었죠."

그는 루빈과 암브로게티와의 인터뷰에서 이렇게 말했다.

그것은 놀라움, 기다려왔던 만남에 대한 놀라움이었어요. 저를 애타게 기다리고 있던 누군가를 만나는 놀라움, 바로 종교적 경험이었습니다. 그때부터 하느님은 저를 인도하셨습니다. 사람들은 하느님을 찾아 헤매지만 그분이 당신을 먼저 찾으십니다. 그분을 만나기를 바라지만, 그분이 먼저 당신을 만나러 오십니다.

하지만 베르고글리오는 사제로서, 주교로서, 이제는 교황으로서 자신의 소명을 운명 짓는 또 다른 특징을 말한다. 그것은 종교적 소명에서 나오는 '놀라운 만남'뿐만 아니라 신이 그를 부른 자비로운 방식이었다.

신임 교황의 여동생은 당시 호르헤는 한 젊은 여성에게 청혼하려던 참이었다고 말한다.

"그 당시 약혼을 할 수도 있었어요. 오빠가 가끔 그 여성에 대해 이야기한 적이 있었는데, 이름은 말하지 않았죠. 함께 소풍을 가기로 했던 친구들 중 한 명이 아닐까 해요. 9월 21일 봄날, 그녀에게 고백하려 했어요. 이 이야기를 계속하면 오빠는 제 얼굴을 보지 않으려 할 거예요."

그는 소풍에서 고백을 하는 대신, 본당 교회로 가서 자신이 가야 할 길을 명확히 알게 되었다. 다른 사람이 지정해준 길과는 확연히 다른 길이었다.

베르고글리오는 부름을 받고 신학교에 바로 입학하지는 않았다. 4년이 더 흘렀다. 결정을 내리고 계속 마음속에 품고 있으면서 그 결심을 공고히 다져갔다.

"그 문제는 거기에서 잠시 접어두었다"라고 교황은 말했다. 계속 실험실에서 일하면서 공부를 마쳤고, 사제가 되고 싶다는 말을 그 누구에게도 하지 않았다.

"저는 어떤 외면적인 이유나 상실감, 위기는 없지만 견뎌야 하는 '수동적인 고독'을 느끼고 있었습니다."

그것은 마치 자비의 경험을 동반한 갑작스러운 부름이 성장통을 겪는 것 같았다.

"머릿속은 종교적인 물음에 집중할 수 없었습니다. 저는 정치적으로 불안정한 시기를 겪고 있었지요. 사실 지식을 쌓는 수준 이상은 아니었지만 공산주의에 관심을 가지고 있어 공산당에서 발행하는 정기 간행물 〈언어의 작용과 목적 Nuestra palabra y proposito〉을 읽었고, 주요한 문화계 인사들이 쓴 기사는 빼놓지 않고 읽었어요. 하지만 결코 공산주의자가 되지 않았어요."

다음 해, 그는 신학교에 들어가기 전 심한 병을 앓았다. 21세 때 폐 감염으로 죽을 뻔했다. 열이 들끓을 때면 그는 어머니를 안으며 절망적으로 물었다고 한다.

"저에게 무슨 일이 일어나는 건가요?"

레지나 마리아는 그에게 어떤 말을 해야 할지 몰랐다. 의사도 당황하기는 마찬가지였기 때문이다. 나중에 폐렴으로 진단받고 검사를 받았더니 세 개의 낭종이 발견되었다. 일단 감염을 이겨내자 약간 회복하는 것 같았지만 오른쪽 폐 윗부분을 제거하는 수술을 받아야 했다. 회복기 몇 주 동안 폐에 고인 액체를 빼내느라 엄청난 고통이 뒤따랐다.

젊은 베르고글리오는 병문안을 온 친구와 친척들이 "좀 있으면 괜찮아질 거야" 또는 "곧 퇴원하면 얼마나 좋겠어" 같은 말에 진저리를 쳤다. 그가 느끼는 고통에 이런 말들은 아무런 위로가 되지 않았다.

그런데 특별한 방문객이 그의 침대로 다가오면서 모든 것이 바뀌었다. 바로 베르고글리오의 첫 영성체를 준비한 돌로레스 수녀였다. 그녀는 어떤 입에 발린 말도 하지 않았다.

"수녀님은 정말 놀랄 만한 말을 해주셨고, 그 말을 듣자 제 마음은 평화를 되찾았습니다. '당신은 계속 예수를 따라 하고 있는 거예요'라고 하셨죠. 이런 관점에서 보니 매일 느끼는 고통이 다른 가치를 갖게 되었습니다. 고통이 사라지는 것이 아니라 중요한 의미를 갖게 되었습니다."

베르고글리오가 말을 잇는다.

"고통은 그 자체가 선은 아닙니다. 하지만 고통을 경험하는 방식은 선입니다. 우리는 완전한 행복을 추구하는데, 그 안에서 고통이 행복을 제한하게 됩니다. 그렇기 때문에 우리는 고통을 통해 예수그리스도의 고통의 의미를 진정으로 이해할 수 있습니다."

이러한 맥락에서 미래의 교황은 소설가 조셉말레구가 쓴 무신론자와 독실한 신자와의 대화를 거론한다. 무신론자에게 문제는 '그리스도가 신이 아니라면 어떻게 할 것인가'인 반면 신자에게는 '하느님이 예수님 모습으로 나타나지 않았다면, 우리 여정에 의미를 부여하는 이 땅에 강림하지 않았다면 어떻게 되는가?'가 중요한 문제가 된다.

베르고글리오는 설명한다.

"그렇기 때문에 답은 십자가를 부활의 씨앗으로 보는 데 있습니다. 초월성을 기반으로 하지 않고 고통을 완화하려는 노력은 부분적 결과만 이끌어낼 뿐입니다. 고통을 완전히 이해하고 경험하는 것은 선물입니다. 충만한 삶을 사는 것은 선물입니다."

베르고글리오는 교회 역시 그 역사 속에서 고통을 지나치게 과장한 시기가 있었다고 말한다. 그는 이런 맥락에서 가브리엘

엑셀이 카렌 블릭슨의 동명 소설을 각색하고 감독한 1987년 영화 '바베트의 만찬'에 대해 이야기한다.

이 영화는 금욕과 절제가 과장된 전형적 사례를 보여줍니다. 주인공들은 청교도로서 속세의 즐거움을 부정함으로써 속죄할 수 있다는 믿음으로 살아갑니다. 그러다가 큰돈을 들여 준비한 저녁 식사에서 사람들은 자유를 만끽하며 모두 변화되지요. 이 사람들은 행복이 무엇인지 모릅니다. 그 삶은 슬픔으로 찌들고 열정이 없습니다. 그들은 사랑을 두려워합니다.

아마도 이런 이유 때문에 새로운 교황 역시 자신이 특히 좋아하는 샤갈의 '하얀 십자가'를 언급했을 것이다.

"그 작품은 잔인하지 않고 희망으로 가득 차 있습니다. 평온하게 슬픔을 표현하지요. 샤갈의 작품 중 가장 아름다운 그림이 아닐까 생각합니다."

베르고글리오가 말한다.

"기독교적 삶은 예수가 그러했던 것처럼 기쁨을 느끼는 것입니다. 성녀 테레사는 '슬픈 성인은 성인을 위한 슬픈 변명에 지나지 않는다'라고 말씀하셨죠."

슬픔이라는 주제로 돌아와서, 새 교황은 고통 받는 사람에게 필요한 것은 그와 함께하는 사람, 그가 잘되기를 바라는 사람, 그의 침묵을 존중하는 사람, 그의 공간에 하느님이 들어오기를 기도해주는 사람이 곁에 있다는 자각이라고 말한다.

한편 종교적 소명은 베르고글리오의 마음속에 점점 자라고 있었다. 마침내 그는 신학교에 들어가기로 마음먹고 예수회를 선택했다.

"저는 교회의 최선방 수호자로서 군대 용어를 사용하고, 복종과 규율로 정의되는 사실에 이끌려서 예수회를 선택했습니다. 예수회가 선교를 지향한다는 점에도 끌렸고요. 시간이 지나면서 예수회가 매우 중요한 작업을 수행해온 일본에 전도하러 가고 싶었지만 건강 문제로 거절되었습니다. 제가 그곳에 갔더라면 여기에 있는 몇 명을 구할 수 있었을 텐데 말입니다."

호르헤의 부모는 각각 다른 반응을 보였다.

저는 아버지와 이야기를 나눴고, 아버지는 매우 적극적이었어요. 아주 기뻐하셨죠. 정말로 성직자가 되기로 결정한 것인지 확인하셨습니다. 누군가가 나중에는 어머니도 제가 사제가 되는 것을 예상하셨다고 말했지만 사실 어머니의 반응은 달랐어요.

"나는 모르겠구나. 그렇게는 보이지 않았는데……. 조금 더 기다려보렴. 일하면서, 대학을 마치고."

어머니는 달가워하지 않으셨지요. 그런 면에서 아버지는 저를 좀 더 잘 이해하셨어요. 할머니께 더 강한 종교적 감각을 물려받으셨죠.

교황의 여동생 마리아 엘레나는 이탈리아 일간지 〈라 레푸블

리카〉와의 인터뷰에서 이 말을 확인해주었다.

오빠는 기술학교를 마치고 화학 전문가가 된 뒤 어머니에게 의학을 공부하고 싶다고 했어요. 그러자 어머니는 집의 테라스가 보이는 다락을 정리했고, 그곳에서 오빠는 조용히 공부할 수 있었죠.

하지만 어느 날 어머니가 다락을 청소하며 보니 신학 책만 있었던 거예요. 오빠가 집에 돌아오자 왜 거짓말을 했냐며 혼냈지요. 저는 그때 오빠가 한 말을 잊을 수 없어요.

"거짓말하지 않았어요, 어머니."

오빠는 침착하게 대답했습니다.

"저는 의학을 공부하고 싶다고 했어요. 영혼의 의학 말입니다."

어머니는 곧 아들을 잃을 것임을 직감했기 때문에 그 결정을 좋아하지 않으셨어요. 한편 아버지는 기뻐하셨어요. 아버지 뜻에 따랐다면 아들들이 모두 사제와 수도사가 되었을지도 몰라요.

어머니의 태도는 곧바로 바뀌지 않았다.

다음은 베르고글리오가 이에 대해서 들려준 이야기다.

신학교에 입학하자 어머니는 저와 함께 따라나서지 않으셨습니다. 제가 있는 곳에 보러 오지 않으셨죠. 수년 동안 제 결정을 받아들일 수 없었던 거예요. 서로 말다툼을 한 것은 아니고, 단지 제가 집에 가서 어머니를 보긴 하지만 어머니는 저를 보러 신학교에 오지 않는 문제였지요. 마침내 제 결정을 받아들였을 때도 어느 정도 거리를 유지하셨어요. 코르도바에서 수련하는 저를 찾아와서 오랜 고민의 시간이 필요한 결정이라고 하셨습니다.

하지만 호르헤는 진정한 신자인 어머니가 사제 서품식 마지막에, 무릎을 꿇고 그의 첫 축복을 청하던 때를 기억한다.

그는 루빈과 암브로게티와의 인터뷰에서 이렇게 말했다.

"종교적 소명은 의식적으로나 무의식적으로나 기다리고 있던 신의 부르심입니다. 예수께서 마태에게 '자비로이 보시고 그를 선택했다'로 해석되는 복음 구절에 언제나 감동받습니다. 부름을 받았던 고해성사 동안에 나는 이 같은 자비로운 눈길을 느꼈습니다."

'자비로이 부르시니 Miserando atque eligendo'는 베르고글리오가 주교의 옷에 들어갈 문구로 선택한 것이다. 이것이 그가 전하고자 하는 핵심 메시지였다. 자비로운 봉사와 제안에 의거해 사람을 선택하는 것. 그리고 그 제안은 이것이었다.

"보세요. 당신에게 이로운 것을 바라고, 이름을 불러주고, 선택해주는 누군가가 있습니다. 그가 요구하는 단 한 가지는 당신이 사랑을 받도록 허락하는 것입니다."

로마의 성 티모시 교회의 교구 목사인 돈 로렌조 베치아렐리는 새 교황이 젊은 시절부터 알고 지냈다. 그들은 부에노스아이레스에서 함께 어울려 다니던 친구였다. 그는 젊은 베르고글리오가 파티에서 생각에 빠져 앉아 있던 때를 회상한다. 이유를 묻자 그가 이렇게 대답했다고 한다.

"내일 나는 신학교에 들어갈 거야."

"제가 기억하는 호르헤는 검소하고 진지한 젊은이예요. 그 시기에 저는 그에게서 신학교에 들어가고자 하는 정신적 욕망을 느꼈습니다. 이에 감화를 받아 저도 신학교에 들어갈 용기가 생겼지요. 그는 예수회에 들어갔고 저는 살레지오회에 들어갔습니다."

비야 데보토에 있는 신학교에 입학한 베르고글리오는 1958년 3월 11일 예수회의 수련 수사로 들어갔다. 그는 칠레에서 인문학 공부를 마쳤고, 1963년 부에노스아이레스로 돌아와 산미겔에 있는 성 요셉 신학대학교에서 철학 학사를 받았다. 1964~1965년까지 산타페에 있는 임마쿨라타 대학교에서 문학과 심리학을 가르쳤고, 1966년 부에노스아이레스의 살바도르 대학에서 같은 과목을 가르쳤다.

그는 1969년 12월 13일 사제로 임명되었고, 산미겔에 있는 성 요셉 신학대학교에서 신학을 공부해 다음 해에 학위를 받았다. 1973년 4월 22일 스페인의 알칼라 데 에나레스에서 세 번째 수련을 마친 후 종신서원을 했다. 이제 그는 예수회 사제가 되었다.

1973년 부에노스아이레스의 살바도르 학교에서 미사를 집전하고 있는 프란치스코 교황의 모습.

3부

언행이 일치하는 도덕적 지도자

6장

아르헨티나
군부독재 치하의
신부 시절

호 르헤 마리오 베르고글리오는 성직자로서의 전형적인 일만 하지는 않았다. 1970~1980년대에는 학생들을 가르치며 학문적 활동을 하면서 본당 성직자와 영적 지도자 일을 함께 해나갔다.

산미겔에 있는 비야 바릴라리에서 1972~1973년에 수련소의 수련장을 지냈고, 신학과 교수이자 신학과 주임 사제로 일했다. 앞에서 언급한 일요일의 요리도 이곳에서 했다. 또한 6년 동안 예수회의 아르헨티나 관구장으로 재임했다.

이때는 호르헤 라파엘 비델라 레돈도의 독재정치가 절정에 이르던 시기였다. 그는 이사벨리타 페론을 쿠데타로 몰아내고 1976~1981년까지 권력을 장악한 인물이다. 이 정권은 수천 명을 고문하고 암살하는 등 지독한 인권 탄압으로 악명이 높았다. 정권에 반대하는 사람이면 남녀를 불문하고 가족 모두 몰살하고 실종자로 처리했다.

그 당시 베르고글리오 관구장이 두 명의 동료 사제에게 취한 입장이 비난의 시초가 되었다. 2005년 콘클라베 전날 밤에 수위 높은 비난이 수면 위로 떠올랐다. 그리고 프란치스코 교황이 성 베드로 성전 발코니에 나타나자마자 그 사실을 퍼뜨렸다.

비난의 선봉자는 아르헨티나 기자 오라시오 베르비츠키로, 그는 자신의 책에서 베르고글리오가 두 가지 큰 잘못을 저질렀다고 비난했다.

하나는 빈민가에서 사목 활동을 했다는 이유로 정권의 미움을 산 예수회 사제 올란도 요리오 신부와 프란시스코 할릭스 신부를 못 본 척했다는 것이다. 또 다른, 더 심각한 잘못은 비델라 정권과 손을 잡았다는 것이다.

하지만 이 사건 당시 베르고글리오는 예수회 관구장이었지만 아르헨티나 교회에서 책임을 질 만한 위치는 아니었다. 물론 누군가 기록했듯이 "그는 예수회 사제로서 교회를 중심으로 한 공동체에 큰 힘을 지니고 있었고, 특히 부에노스아이레스 빈민촌을 중심으로 영향력이 큰" 것도 사실이었다.

이 사건은 가톨릭교회에 편파적이지 않은 아르헨티나 법정까지 갔지만 조사한 결과 베르고글리오에게 불리한 내용은 전혀 발견되지 않았다. 군부가 최소 6,000명에 이르는 비밀 모자원과 정권 반대자를 고문하고 처형한 악명 높은 해군기술학교 처형 캠프에 대한 사건을 중심으로 조사가 이루어졌다.

베르비츠키 기자는 아르헨티나 대통령의 공식적인 나팔수 노룻을 하는 일간지 〈파히나 12 Pásina 12〉에서 계속 비난했다. 그는 베르고글리오가 올란도 요리오 신부와 프란시스코 할릭스 신부를 군부에게 넘겼다고 비난했다. 그들은 1976년 5월에 체포되어 5개월 동안 불법으로 억류되었다. 그 기간에 군부는 네 명의 여성 전도사와 그들의 남편 두 명을 체포했고, 다시는 그들을 볼 수 없었다고 한다.

베르비츠키는 베르고글리오 관구장 신부가 두 예수회 사제를 '반체제 인물'로 묘사하는 문건이 발견되었다고 주장하며, 프란치스코 교황을 선출한 이후 다시 목소리를 높였다.

하지만 그 문건은 나오지 않았고, 이는 기자 한 명이 펼치는 반대 운동으로 전락했다. 무엇보다도 문건의 날짜가 두 예수회 사제가 석방된 뒤로 기록되어 있다. 또 의문스러운 점은 베르고글리오가 두 사제를 '반체제 인물'로 표현했다는 증거는 어디에서도 발견되지 않았다.

마지막으로 베르비츠키는 두 예수회 사제가 관구장의 결정에 따라 예수회에서 추방되었다고 주장했다. 그러나 사실은 두 예수회 사제가 예수회에서 추방된 것이 아니라 스스로 나가기를 원했다. 더욱이 할릭스 신부는 이미 엄숙 선서를 했기 때문에 그의 요청은 거부되었고, 아직 예수회원으로 남아 있다.

베르고글리오에게 불리한 결정적 증거는 내무부 하급 직원인 제삼자의 말을 짜 맞춘 소문에 지나지 않았다. 아르헨티나 군부가 자주 사용하는 양동작전과 사실 위조 작전이라고밖에 생각할 수 없다. 또 다른 증거는 신뢰할 수 없는 정보로, 예수회 내부 절차에 대해서도 잘못된 내용을 담고 있다.

사건 기록을 연구한 역사가 마테오 루이지 나폴리타노 교수는 이렇게 말한다.

"요약하면 〈파히나 12〉에서 출간한 문건은 베르고글리오가 쓴 글도, 그의 생각을 반영한 것도 아니다. 그것은 군부가 독재 정권을 유지하기 위해 만든 문건이다. 군사정권이 반대하는 사람들을 통제하고 자기들이 아르헨티나 교회의 지지를 받고 있다는 인상을 심어주기 위한 것이다."

베르비츠키가 베르고글리오를 비난하는 해석은 잘못되었다고 주장하는 사람도 많다. 그 가운데 아르헨티나 군부를 고발한 호르헤 이투루부루 회장은 이탈리아 일간지 〈일 솔레 24오레 Il Sole 24 Ore〉와의 인터뷰에서 신임 교황이 군부독재와 관련이 있다는 비난을 강하게 부정했다.

"가톨릭교회의 책임과 개인의 책임은 별개다. 그 당시 베르고글리오는 주교도 아니었고, 그 문제에 대해 개인적인 책임을 질 이유가 없다."

그렇다면 왜 호르헤 관구장은 빈민가에서 사목 활동을 하던 두 명의 신부에게 그만두라고 요청했고, 그들은 왜 거부했을까?

이에 대해 나폴리타노 교수는 확실히 밝힌다.

"그는 군부독재에 의해 두 신부가 납치되고 ESMA(해군기술사관학교, 해군장교학교라고도 불리며 나중에 고문과 처벌의 장소가 되었다.)에 감금되는 상황을 미리 예측했기 때문이다. 두 예수회 사제는 6개월쯤 후에 ESMA에서 풀려났다."

이투루부루는 이렇게 덧붙인다.

"그들이 풀려난 것은 두 가지로 해석할 수 있다. 두 사제의 상급자가 궁지에 빠진 그들을 버려둔 책임이 있다는 것과 상급자가 그들을 풀어주는 데 개입했다는 것이다. 나는 두 번째 해석에 무게를 두고 있다. ESMA는 누구도 아무 이유 없이 그냥 석방하지 않는다. 그러나 교회의 그 누구도 비밀 협상이 진행되었다는 사실을 인정하지 않을 것이다. 교회는 이런 이야기를 하지 않는다. 하지만 두 사제가 석방된 것은 명백한 사실이다."

2013년 3월 15일 바티칸 대변인인 페데리코 롬바르디 신부도 교황 반대 캠페인을 비방과 명예훼손이라고 비난했다.

롬바르디 신부는 베르고글리오 비방에 대한 입장을 발표했다.

"사실도 아니고, 신뢰할 만한 증거도 없습니다. 교황은 결코 피고인이 아니라 상황을 알고 있는 사람으로서 아르헨티나 법정의 질문을 받았고 문서로 이런 비난에 대해 부정했습니다. 교황이 군사독재 치하에서 많은 사람을 보호했다는 것을 보여주는 자료도 많습니다. 베르고글리오가 주교가 되어 그 당시 독재 정권의 행위에 대해 아르헨티나 교회가 충분히 대처하지 못한 것에 용서를 청했던 것은 잘 알려진 사실입니다."

워싱턴에 보관된 그 당시 아르헨티나 독재자에 대한 비밀 문건은 간접적이긴 해도 바티칸 대변인의 말과 어느 정도 일관성이 있다.

나폴리타노 교수는 이렇게 기록한다.

이 문건에는 말 그대로 (원본은 스페인어) 군사 쿠데타의 주모자인 비델라 장군의 선언이 담겨 있다. 비델라는 권력을 잡은 후 '현재 나라 상황은 잘못된 정치와 행정부의 혼란, 정경유착 외에도 노동자 계층과 가톨릭교회가 인간의 존엄성에 반하는 어떠한 학대도 반대'하겠다는 정치적 신념과 여론을 형성하고 있었다.

(미 국방정보국, 스페인 문건 1976년 3월 25일, 호르헤 라파엘 비델라의 철학과 연대, 1976년 3월 24일 1쪽, 10 USC 424 국가안보기록보존소)

비델라가 말한 인권을 유린하는 어떤 박해도 용서하지 않겠다고 결심한 아르헨티나 교회는 오라시오 베르비츠키가 주장하는 교회 모습과는 다르다. 부정부패에 대한 과소평가나 충돌이 없었다는 것이 아니라 콘클라베가 끝나고 불과 몇 분 만에 국제 언론에 뿌려진 베르고글리오를 비난하는 내용보다 현실은 훨씬 복잡하다는 것이다. 이 자료가 교황 선거 때면 흔히 있는 일부 추기경과 연관된 누군가가 유포한 자료일 가능성도 배제할 수 없다.

그리고 이런 비난들은 할릭스 신부의 증언으로 모두 부인되었다. 그는 두 명의 예수회 사제 중 한 명으로 베르고글리오가 예수회에서 추방했다고 추정되는 인물이다.

예수회 독일 지부 웹사이트에 실린 한 기사에서 할릭스 신부는 명확히 할 필요성을 느꼈다고 한다.

나는 1957년부터 부에노스아이레스에서 살았다. 1974년 복음 속에서 살며 지독한 가난에 관심을 기울이고자 하는 내적 욕구에 고무되어 아람부루 대교구장과 호르헤 마리오 베르고글리오 관구장 신부님의 허락을 받아 빈민 지역으로 이주했다. 그곳은 도시에서 가장 가난한 지역 가운데 한 곳이기도 했다. 우리는 그곳에서 살면서 대학에서 가르치는 일도 계속했다.

그 당시 아르헨티나는 내전 상황과 비슷했다. 그 기간 동안 정확히 2년 동안 좌익 게릴라, 물론 거기에는 선량한 시민까지 포함되어 3만 명 가까운 사람들이 군사정권에 암살당했다.

빈민 지역에 살던 우리 두 사람은 군부나 게릴라와 내통한 적이 없었다. 그럼에도 정보가 부족하고 의도적으로 흘린 잘못된 정보 때문에 교회 내에서도 오해를 받는 처지가 되었다.

그 당시 한 노동자와 연락이 끊겼는데, 이 사람이 게릴라에 들어간 것이다. 9개월 후 그가 잡혀서 군정부의 군인에게 심문을 받았는데, 그때 우리에게 연락했다는 말을 한 것이다.

그의 입에서 우리 이름이 나오자 우리가 게릴라와 내통한다고 생각해서 체포한 것이다.

5일 후 심문을 맡은 장교가 우리를 풀어준다며 이렇게 말했다.

"신부님, 당신들은 죄가 없습니다. 빈민 지역으로 돌아갈 수 있습니다."

이런 확언에도 우리는 5개월이나 눈을 가리고 수갑을 차고 억류당했던 것이다. 나는 이 상황에서 베르고글리오 신부가 어떤 입장을 취했는지 모른다. 석방된 후 나는 아르헨티나를 떠났다.

몇 년 후 부에노스아이레스 대교구장이 된 베르고글리오 신부님과 그동안 있었던 일에 대해 이야기할 기회가 있었다. 그 후 우리는 함께 미사를 봉헌하고 엄숙하게 서로를 포옹했다. 이로써 나는 그 사건과 화해했고, 나에게는 끝난 일이었다.

나는 프란치스코 교황에게 하느님의 축복이 내리기를 바란다.

프란시스코 할릭스 신부

베르고글리오 교황은 2011년 4월 아르헨티나 재판장의 33개 질문에 어떻게 대답했을까?

이탈리아 일간지 〈아베니레 Avvenire〉가 출간한 문건에는 다음과 같이 실려 있다.

"나는 내가 할 수 있는, 내 나이에 가능한 것(그는 당시 마흔 살이었다.)을 했고 인맥을 총동원해 불법적으로 억류된 사람들을 석방하라고 탄원서를 냈다."

상황의 재구성은 조사 결과로 확실해졌다. 그는 범죄를 저질러 기소당한 성직자 입장으로서 심문을 받은 것이 아니었다.

재판에서 ESMA의 군 장교에게 구형을 내린 세 명의 재판관 중 한 명인 저먼 카스텔리는 일간지에 프란치스코 교황에 대한 비난에 대해 이같이 밝혔다.

"우리는 조심스럽게 사건을 조사해 모든 사실을 확인한 후, 만

장일치로 베르고글리오의 행동은 어떤 사법적 관련성도 없다는 결론을 내렸다."

사실, 당시 부에노스아이레스의 추기경이 2년 전에 선포한 것처럼 그는 호르헤 비델라 장군, 에밀리오 마세로 제독을 두 번 만났다고 밝혔다. 그를 공격하는 사람들에게는 베르고글리오가 그들과 결탁했다는 증거라고 할 수도 있지만 사실은 고문이 자행되는 "군대 안에서 어떤 신부가 미사를 집전하는지 알고 싶어서"였다고 한다.

베르고글리오는 비델라 장군에게서 그 이름을 듣고, 사제 군인에게 아픈 척하고 자기를 대신 보내달라고 설득했다. 그 예수회 신부는 교회의 다른 사람을 믿지 않기 때문에 베르고글리오는 혼자서 위험을 무릅쓸 각오를 한 것이다. 그는 또 자기를 닮은 젊은이에게 "빨리 이 나라에서 도망"치라며 자신의 신분증과 성직자 옷을 주었다. 그것이 그의 목숨을 지키는 유일한 방법이었다.

카스텔리 판사는 호르헤 베르고글리오가 그 신부를 넘겼다는 것은 사실이 아니라고 밝혔다.

베르고글리오는 친구에게 예수회 사제가 감금된 5개월 동안 미친 듯이 일했다고 고백했다고 한다.

"저는 한 남자의 운명을 결정짓기 위해 호세 C 파즈의 도시, 산미겔 근처의 공군기지에 다른 사람들과 함께 갔을 때를 제외하고는 그런 장소에 가본 적이 없습니다."

베르고글리오가 재판장에게 말했다.

프란치스코 교황에 대한 비난은 콘클라베가 끝나고 며칠 후부터 정치적 목적을 띠고 주위에 퍼졌다. 그에 대한 비난이 실린 책자가 추기경들 사이에 유포되었다는 사실에 변호사이자 역사가 훌리오 스트라세라는 더러운 술수라고 말한다. 실종자로 처리된 암흑의 시절에 책임을 묻고, 이들을 처벌하기 위해 나서고 있는 그는 "모든 것이 날조되었다"라고 주장한다.

아르헨티나는 국제사면위원회가 확인한 대로 남미에서 가장 발전된 사법제도를 갖추고 있다. 그들은 6년 전 7번의 살인 사건과 42번의 납치, 31번의 고문으로 유죄를 선고받은 경목 크리스티안 본 베르니치의 재판에서 증명된 대로 교회에 대한 정상참작은 하지 않는 것으로 알려져 있다.

베르고글리오의 주요 '비난자' 중에는 전에 몬토네로스 게릴라였던 사람들이 많이 포함되어 있다.

"폭력은 쿠데타를 일으킨다는 것을 알면서도 그들은 무분별하게 그 길을 따라갔다."

볼로냐 대학교에서 남미 역사 강사로 일하는 로리스 자나타는 최근 라테르자에서 출간된 책에서 이렇게 말한다.

"군정부가 세력을 잡으면 그들은 국민이 반역을 일으킬 것이라고 생각한다. 실제로 대중은 폭력과 이념으로 적개심에 불타올랐고, 이것은 비델라가 되어도 변하지 않았다."

몬토네로스 게릴라의 지도자 중 하나가 오라시오 베르비츠키였다. 베르고글리오 추기경이 2005년 네스토르 키르치네르 대통령—특히 아르헨티나 기자들과 가까운—에 반대하는 성명을 낸 후 베르비츠키는 한 챕터를 부에노스아이레스의 대교구장을 비난하는 데 할애한 책을 출간하기도 했다. 키르치네르는 그 추기경을 '반대파의 진정한 수장'이라고 묘사하기도 했다.

마지막으로 노벨 평화상 수상자로 군정부의 통렬한 반대자인 아돌포 페레스 에스키벨이 영국 BBC와의 인터뷰에서 "베르고글리오는 아르헨티나의 군사 독재와 아무런 관련이 없다"라고 즉각적인 변호를 했다는 것은 눈여겨볼 만하다.

"독재와 공모한 죄를 지은 주교들도 있지만 베르고글리오는 아니다. 그는 예수회 수장으로 있는 동안 감옥에 있는 두 명의 사제를 빼내기 위해 필요한 것을 하지 않았다는 그들의 주장 때문에 질문을 받은 것이다. 나는 많은 주교들이 군정부에게 사제를 풀어달라고 요청했지만, 결코 받아들여지지 않았다는 사실을 알고 있다."

당시 예수회 관구장이 1976년 프란시스코 할릭스 형제에게 보낸 편지도 이를 확인해준다. 편지는 2013년 3월 〈프랑크푸르터 알게마이네 차이퉁^{Frankfurter Allgemeine Zeitung}〉에 실렸다.

"당신의 형제를 풀어달라고 여러 번 정부에 요청했습니다. 지금까지 성공하지 못했지만 곧 석방되리라는 희망을 버리지 않습니다."

관구장은 그의 건강을 빌며 말을 잇는다.

"그를 풀어주기 위해 내가 할 수 있는 모든 것을 할 것입니다.

이 문제를 내 문제로 생각합니다. 당신의 형제와 내가 종교 생활에 걱정을 품고 있다는 오해는 이것과는 아무 연관도 없습니다."

이러한 비난에 대해 교황의 누이 마리아 엘레나는 이탈리아 일간지 〈라 스탐파〉와의 인터뷰에서 이렇게 밝힌다.

"그게 가능할까요? 그것은 신앙의 가르침을 정면으로 배반하는 일이잖아요. 오빠는 독재에 고통 받는 많은 사람들을 보호하고 도왔습니다. 그때는 절망의 시기였고, 그는 신중하게 행동했지만 희생자들에게 보인 헌신은 이미 증명되었습니다."

나중에 부에노스아이레스 대교구장은 다른 아르헨티나 주교들과 함께 독재 시기 동안 성직자들의 태도에 대해 용서를 구했다.

지금까지 우리는 인간의 존엄성에서 나오는 자유민주주의를 파괴하는 전체주의를 그냥 보고 있었습니다. 형제들의 권리를 보호하기 위해 적극적으로 개입하지 않고, 우리의 행동과 태만으로 형제를 차별했습니다. 하느님, 역사의 주인인 아버지, 우리의 참회를 받아주고 상처 받은 사람들을 치료해주십시오.

아버지시여, 당신의 현존 안에서 이루어진 이런 비극적이고 잔인한 행동을 우리는 기억해야 합니다. 우리가 책임의 자리에서 침묵을 지킨 것을 용서해주시고, 많은 젊은이들이 정치적 갈등, 자유에 반하는 폭력과 고문과 이념적인 비타협 속에, 정치적 탄압에, 전쟁에, 의미 없는 죽음에 개입한 것을 용서해주십시오.

아, 자비로운 사랑의 아버지, 우리를 용서하시고, 우리의 사회적 연대를

다시 만드는 은총을 내려주시고, 당신의 공동체 안에서 여전히 벌어진

상처를 치료해주십시오.

7장

지하철을 타는 추기경

오래 전 9월 21일 어린 나이에 본당 교회에서 고해성사를 하는 동안 신의 자비를 느끼고, 성직자의 삶을 선택한 사람은 기도를 어떻게 경험하는가?

"나에게 기도는 믿음을 경험하는 것이다."

베르고글리오는《예수회》에서 이렇게 설명한다.

우리의 온전한 존재는 하느님의 현존 안에 있습니다. 대화가 이루어지고 듣고 변화가 일어나는 곳이기도 하지요. 하느님을 바라보며 무엇보다도 그분이 나를 바라본다는 느낌을 갖게 됩니다. 저는 묵주기도나 시편기도를 드릴 때, 또는 영성체를 드릴 때 이런 경험을 합니다. 하지만 예배당에서 오랜 시간 기도할 때면 언제나 이런 종교적 체험을 하게 됩니다. 그분의 시선을 느끼며 그 자리에 앉아 선잠을 자기도 합니다. 그러면 다른 누군가의 손에 맡겨져 있다는 느낌, 마치 하느님께서 제 손을 잡고 있는 듯한 느낌이 듭니다. 모든 것의 왕이지만 여전히 우리의 자유

의지를 존중하는 하느님의 초월적 타자성에 도달하는 것이 중요하다고 믿습니다.

호르헤 마리오 베르고글리오는 자신이 목격한 자비를 가장 필요로 하는 사람이라고 말한다.

저는 죄인이지만 하느님께서 특별히 자비를 내려주셨습니다. 젊은 시절부터 남을 지도하는 일을 맡았습니다. 사제 서품을 받고 바로 수련장으로 임명되었고, 2년 반 후에는 관구장이 되었습니다. 저는 제가 저지른 실수를 바탕으로 계속 배워야 했습니다. 제가 '저질렀을 수도' 있는 죄와 잘못에 용서를 구한다면, 그건 거짓일 겁니다. 제가 정말로 지은 죄와 잘못에 대해 용서를 구합니다.

베르고글리오는 인터뷰 작가인 루빈과 암브로게티에게 말한다. "저를 슬프게 하는 것은 이해하지 못한 순간과 불공평한 순간입니다. 아침기도에서 이해와 공평함을 청하고, 제 여정에 따른 허물에 대해서도 계속 청합니다."
신임 교황은 오랫동안 가르치는 일에 몸담았다. 그가 가르치는 방식에서 사람과의 만남은 매우 중요한 요소다.
《예수회》에서 베르고글리오는 한 가지 사건을 예로 든다.

1990년대 초기, 플로레스에서 부사제로 일하던 시절이었습니다. 비야

솔다티에 있는 중학교에 4~5학년쯤 된 여학생이 임신한 사건이 있었지요. 그 학교에서는 처음 있는 사건이어서 어떻게 처리해야 할지 의견이 분분했습니다. 퇴학을 시켜야 한다는 사람도 있었지만 아무도 그 여학생이 어떤 상황인지 묻거나 신경 쓰지 않았어요. 여학생은 사람들의 반응이 두려워서 아무도 가까이 오지 못하게 했지요.

그런데 제가 존경하던 젊은 선생님이 여학생과 이야기해보고 함께 해결책을 찾겠다고 나섰습니다. 그 선생은 이미 결혼해서 아이도 있었지요.

선생님은 쉬는 시간에 여학생을 만나서 볼에 입을 맞추고, 손을 잡고 부드럽게 말했어요.

"그래, 엄마가 되는 거니?"

그 말에 여학생은 울음을 터뜨렸고 한동안 그칠 줄 몰랐습니다. 선생님이 친근하게 다가가자 여학생은 마음을 열고, 그동안 있었던 일을 털어놓았습니다. 그리고 자신이 처한 상황에 성숙하고 책임감 있는 결론을 내렸지요. 학교를 그만두고 아이와 함께 인생을 직면하는 위험을 피하게 된 겁니다. 반 친구들이 임신한 여학생을 영웅처럼 여기는 것도 피할 수 있었지요.

선생님이 한 일은 직접 여학생을 만나서 이야기를 나눈 것입니다. 여학생이 "무슨 상관이에요?"라고 대답할 수도 있었지요. 하지는 그는 매우 자애로웠습니다. 그녀에게 다가갔다는 사실 자체가 여학생을 걱정한다는 것을 보여줍니다.

중요한 것은 우리 앞에 있는 존재가 사람이라는 사실을 잊은 채, 신학적 원칙만으로 학생들을 가르치면 우리는 젊은이들에게는 아무 소용 없는 근본주의의 늪으로 빠지게 된다는 것입니다. 그들은 친밀하고 생생한 목격이 동반되지 않는 교훈에 동화되지 않기 때문입니다.

이런 통찰로 베르고글리오는 신부들을 위한 조언을 한다. 그들에게 고해소에 들어가면 엄격한 사람도, 느긋한 사람도 되지 말라고 한다.

"엄격한 사람은 규칙 외에는 아무것도 적용하지 않습니다. '법은 법입니다. 끝.' 이런 식이죠. 한편 느긋한 사람은 '괜찮습니다. 중요하지 않아요. 아무 일도 없을 거예요. 원래 그런 거죠'라는 식입니다. 그건 자기 앞에 있는 사람을 신경 쓰지 않는 것입니다."

그렇다면 어떻게 해야 하는가?

이에 베르고글리오는 말한다.

"자비로워야 합니다."

베르고글리오를 아는 사람은 그에게 사람과의 관계가 얼마나 중요한지, 그가 개인적인 만남과 사람에 대한 관심을 얼마나 중요하게 생각하는지 알고 있다.

그의 이러한 성격을 보여주는 일화가 있다.

베르고글리오는 부에노스아이레스의 보좌주교로서 영신 수련을 하기 위해 시 외곽에 있는 수녀원에 가야 했다. 기차 시간이 가까워오자 대주교구 사무실을 나와 성당에서 몇 분 동안 기도했다. 그리고 출발하려 할 때 심리적으로 불안해 보이는 한 젊은 이가 그에게 와서 자기의 고해성사를 들어줄 수 있는지 물었다.

젊은이는 술에 취한 것처럼 보였다. 아마 약하게 취했으리라.

"복음의 증인으로 사도직에 있는 제가 그에게 이렇게 말했습니다. '곧 신부님이 오시면 그분께 고해성사를 하십시오. 저는 다른 일이 있습니다.' 하지만 몇 발자국 안 가서 부끄러움을 느꼈습니다. 다시 발을 돌려 젊은이에게 말했지요. '신부님이 늦을 것 같군요. 제가 고해성사를 듣도록 하지요.' 젊은이의 고해성사를 들은 뒤 성모마리아에게 데려가 그를 보호해달라고 청했습니다. 그리고 기차를 놓쳤을 것이라고 생각했지요.

그런데 기차가 지연되어 가까스로 예정된 기차를 탈 수 있었습니다. 일을 마치고 돌아오는 길에 곧장 집으로 가지 않고 제 고해 신부님을 찾아갔습니다. 제가 한 일이 부담이 되었기 때문입니다. 참회하지 않으면 다음 날 미사를 집전하지 못할 것 같은 마음이었습니다."

베르고글리오에게 지연된 기차는 하느님이 말씀하시는 사인이었다고 한다.

"'보았느냐, 모든 이야기는 내가 이끌어나간다'라고 말씀하시는 것 같았어요. 인생에서 천천히 서두르지 않고, 한 번에 모든 것을 바로잡지 않으려는 시도가 더 좋을 때가 얼마나 많은지!"

참을성을 가지고 당장에 모든 것에 해답을 요구하지 않고 '신비롭고 효율적인 손길'에 맡겨둘 필요가 있다.

1986년 3월 베르고글리오 신부는 박사 논문을 완성하러 독일 뮌헨에 갔다. 돌아와서는 살바도르 대학교에서 강의를 했고, 그 뒤 코르도바에 있는 예수회 교회의 영성 지도자이자 고해 신부로 봉사했다. 그는 고해성사를 많이 들었고 주교가 되어서도 그 일을 계속했다. 부에노스아이레스의 보좌주교가 된 것은 그로부터 몇 년 후였다.

베르고글리오 신부는 아르헨티나 주재 교황대사인 대주교 우발도 칼라브레시와 좋은 관계를 쌓아가고 있었다. 그는 칼라브레시가 세상을 떠난 뒤에도 그의 가족과 꾸준히 연락했고, 로마에 갈 때면 언제나 그의 누이와 함께 식사했다.

칼라브레시는 베르고글리오에게 주교단 후보에 오른 사제에 대한 의견을 물어보려고 전화를 했다.

1992년 5월 13일, 그날은 전화가 아니라 직접 만나서 이야기하게 되었다. 비행기가 부에노스아이레스를 출발해 코르도바, 멘도자에 갔다가 다시 부에노스아이레스로 가는 경로였기 때문에 칼라브레시는 그에게 코르도바의 공항에서 기다리라고 했던 것이다.

"우리는 공항에서 만나 이야기를 나눴습니다. 몇 가지 질문과 대답을 마치자, 멘도자에서 온 비행기가 곧 부에노스아이레스로 출발한다며 탑승하라는 방송이 나왔죠. 그런데 그분이 이렇게 말씀하시는 겁니다. '아…… 마지막으로…… 당신은 부에노스아이레스의 보좌주교가 되었습니다. 공식 통보는 20일에 있을 겁니다.'"

베르고글리오는 몸이 굳은 채 서 있었다. 좋은 것인지 나쁜 것인지 모르겠지만 행운이 들어오면 언제나 그랬다. 이렇게 그는 안토니오 콰라치노 추기경의 보좌주교로 주교의 첫걸음을 시작했다. 그는 사람을 대하는 방식, 검소한 생활 방식 등 자신만의 방식을 여전히 지켰다.

《예수회》에서 5년 후 그가 어떻게 보좌주교에서 추기경의 지명 후계자인 부주교가 되었는지를 밝혔다.

콰라치노 추기경이 로마에 부교구장 주교를 요청했을 때 저는 그분의 총대리인이었습니다. 그리고 추기경께 다른 교구로 보내지 말아 달라고 요청했지요. 하지만 그분은 제게 보좌주교가 아닌 부에노스아이레스 지역의 총대리 보좌 역을 맡게 하셨습니다.

그런데 1997년 5월 27일 아침에 칼라브레시 대사께서 전화로 점심 식사에 초대하셨어요. 함께 커피를 마신 후 인사를 하고 나서려는데, 사람들이 케이크와 샴페인을 들고 들어오는 게 아니겠어요. 저는 그분 생일인 줄 알고 축하 인사를 했지요. 그랬더니 그분이 활짝 웃으며 말하시더군요.

"아니, 내 생일이 아닙니다. 당신 일 때문이에요. 당신은 이제 부에노스아이레스의 부주교입니다."

콰라치노 추기경이 선종하고 1998년 2월 28일 베르고글리오는 부주교에서 대주교가 되었다. 베르고글리오는 이미 도시의 성직자들에게서 좋은 평판을 받고 있었고, 특히 젊은 사제들이 그를 지지했다. 부에노스아이레스의 모든 사제들은 그의 친절함, 검소함, 현명한 조언에 감사했다. 그가 대교구의 책임자가 된 뒤로도 바뀌지 않았다. 그는 직통전화를 설치해서 사제들에게 문제가 생길 때면 언제든지 연락할 수 있게 했다. 비서나 다른 사람들이 개입하지 않는 직통전화였다. 이렇듯 주교는 성직자들이 그를 원할 때 언제든지 옆에 있었다.

베르고글리오는 교구에서 여러 밤을 지냈다. 아픈 사제를 간호하느라 몇 시간이고 병원 침대 맡을 지켰다. 처음에 그는 올리보스에 있는 대주교의 거처에 살기를 거부하고 더 작은 아파트에서 살았다. 그리고 큰 집에 소박한 침대만 갖고 왔다. 그는 여전히 손님을 위해 직접 요리와 설거지를 했다.

베르고글리오는 개인 전화를 받았고 약속 스케줄도 직접 관리했다. 개인 비서 대신 동료와 수녀 몇 명을 뽑았다. 그는 버스나 지하철을 타고 돌아다녔다. 그는 창밖으로 거리의 사람들을 볼 수 있어서 버스를 더 좋아했다. 그런 베르고글리오를 아르헨티나 시민들이 알아보기 시작했다.

그는 검소한 옷차림이었다. 여행할 때면 친구와 아는 사람들의 전화번호가 담긴 수첩을 빼놓지 않았다. 그리고 언제나 성무일도를 가지고 다녔는데, 여기에는 혹시라도 할머니가 서품식 전에 돌아가실지도 모른다며 써놓은 할머니의 서약서와 편지가 들어 있었다.

"저는 성무일도를 소중히 여깁니다."

그는 인터뷰에서 이렇게 말한다.

"아침에 일어나서 제일 먼저 성무일도를 펴고, 자기 전에 마지막으로 성무일도를 닫지요."

성무일도에는 피에몬테 방언으로 쓴 니노 코스타의 '라사 노스트라나'도 들어 있다.

루빈과 암브로게티의 요청에 따라 베르고글리오는 성무일도를 열어 할머니의 편지를 읽었다.

"구세주인 그리스도의 성스러운 손을 잡고 더 심오한 사도의 길이 네 앞에 펼쳐진 아름다운 날, 나는 이 소박한 선물을 네게 남긴다. 값은 얼마 안 되지만 큰 영적 가치를 지닌 물건이란다."

다행히 그의 서품식에 참석할 수 있었던 할머니는 이 편지와 함께 간단한 유언장과 서약서를 썼다.

"내가 진정으로 사랑하는 손자들이 오랫동안 행복하게 살기를 기원합니다. 언젠가 슬픔과 아픔, 사랑하는 사람을 잃어 비탄에 잠길 때면, 위대하고 고귀한 순교자가 계시는 예배당을 바라보며 한탄하게 해주십시오. 그리고 십자가의 아래에 마리아를 바라볼 수 있게 해주십시오. 그곳에서 치유의 눈물이 생긴다는 것을 알게 해주십시오."

2001년 요한 바오로 2세는 그를 추기경으로 서임했다. 교회 역사에서 가장 규모가 큰 추기경 회의였다. 베르고글리오가 추기경이 되었을 때 그의 절약 정신을 보여주는 이야기가 있다. 그는 새 예복을 맞추지 않고 콰라치노 추기경이 남긴 옷을 고쳐서

입었다. 로마까지 그와 함께 가려는 동료들에게 여행 경비를 가난한 사람들에게 나눠줄 것을 요청했다고 한다. 교황이 되어서도 같은 말을 했다.

그는 추기경이 되어 피에몬테를 방문할 기회가 있었다.

마리아 엘레나는 그때를 이렇게 회상한다.

"오빠가 추기경이 되었을 때였어요. 투린으로 갔다가 아버지가 살았던 포르타코마로로 갔어요. 아주 감동적이었죠. 정말 훌륭한 곳이었어요. 우리는 근처 산을 가보기도 했지요. 하지만 아버지가 태어난 집과 어렸을 때 뛰어놀던 곳, 삼촌이 와인을 만들었던 와인 셀러를 직접 보니 말로 표현할 수 없는 감정이 복받쳤어요."

베르고글리오의 교회는 개방적이고 전도에 적극적이었다. 2007년 월간지 〈30일 30Giorni〉의 스테파니아 팔라스카와의 인터뷰에서 그는 이렇게 설명한다.

저는 사목 제도를 반대하지 않습니다. 오히려 그 반대입니다. 본질적으로 하느님에게 이끄는 모든 것들은 좋은 것이지요. 저는 사제들에게 이렇게 말합니다.

"여러분이 해야 할 일을 하십시오. 성직자로서 여러분의 임무를 인식하고, 책임을 생각하되 문은 열어놓으십시오."

종교 사회학자들은 교구의 영향력이 반경 600미터에 이른다고 합니다. 그런데 부에노스아이레스에서는 한 교구와 다른 교구 사이의 거리가

2,000미터나 됩니다. 그래서 저는 사제들에게 말합니다.

"가능하다면 주차장이라도 빌리고, 자발적인 평신도를 찾아 그곳에 보내십시오. 그가 사람들과 함께하도록 하고, 교리문답을 하고, 그들이 요구하면 영성체도 주십시오."

한 교구 사제가 그러더군요.

"하지만 신부님, 그렇게 되면 사람들은 교회에 오지 않을 겁니다."

"왜죠? 미사를 드리러 오지 않습니까?"

"아닙니다."

그렇습니다. 밖으로 나온다는 것은 확신이 장애물이 되어 하느님의 시선을 막아버릴 때면, 과감히 확신이라는 울타리를 박차고 나온다는 의미입니다. 이것은 평신도에게도 적용됩니다.

프란치스코 교황은 평신도의 사제화는 잘못이라고 말한다.

사제들은 평신도를 성직자화하고, 평신도는 우리에게 성직자를 시켜 달라고 요청합니다. 그것은 죄를 짓는 일입니다. 저는 세례로 충분하다고 생각합니다. 일본에서는 지난 200여 년 동안 사제 없이 기독 공동체가 존재했습니다. 선교사들이 왔을 때 그들은 이미 모두 세례를 받았고, 교회의 허락 아래 결혼하고, 죽은 자들은 가톨릭식으로 장례를 치르고 있었습니다. 신앙은 하느님의 은총으로 온전하게 남아서 평범한 신도의 삶을 즐겁게 채워주었습니다. 그들은 세례만 받고 그 하나만으로도 사도적 임무를 추구하며 살았지요. 우리는 주님의 다정함에 의지해 살아가는 것을 두려워해서는 안 됩니다.

〈30일〉과의 같은 인터뷰에서 예언자 요나의 이야기를 한다.

요나에게는 모든 것이 확실했습니다. 그는 하느님과 선과 악에 대한 명확한 생각을 가지고 있었지요. 하느님이 행하시는 것, 그분이 원하는 것, 하느님과의 약속을 지키는 사람, 지키지 않는 사람. 이 모든 것을 명확하게 인지하고 있어 좋은 예지자가 되는 사람이었습니다.
하느님은 그의 삶에 급류처럼 들어와서는 그를 니느웨로 보내셨지요. 니느웨는 버림 받고 동떨어진 인류를 상징합니다. 소외되고 추방된 사람들이지요. 요나는 그들에게 하느님의 품은 아직 열려 있고, 하느님의 인내가 거기에 있어 용서로 그들을 치료하고 다정함으로 그들을 번영하게 하기를 기다리신다는 것을 말하기만 하면 되는 것이었습니다. 단지 그 이유 하나로 그를 거기에 보내셨습니다. 하지만 그는 반대 방향인 다시스로 도망갔습니다.

"힘든 임무라서 도망갔을까요?"
스테파니아 팔라스카가 물었다.

아닙니다.

베르고글리오가 대답한다.

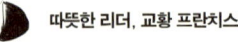
따뜻한 리더, 교황 프란치스코

그는 하느님의 무한한 사랑을 알지 못했기 때문에 도망간 것입니다. 자신의 계획에 들어맞지 않는 일이었어요. 그는 "끝까지 지켜보겠어"라고 말하며 모든 것을 자기 뜻과 방식대로 하고 싶어 했습니다.

요나는 완고함과 자기만의 평가의 잣대로 스스로를 가둬버렸습니다. 하느님과 함께 영혼에 자유를 주고 더 넓은 봉사의 지평을 여는 대신 자기 마음에 귀를 막는 울타리를 쳐버린 겁니다. 고립된 양심은 마음을 딱딱하게 만듭니다. 요나는 더 이상 하느님이 아버지 마음으로 그들을 이끈다는 사실을 알 수 없게 되었습니다.

우리의 확신이 때로는 성령을 가두는 벽이 될 수 있습니다. 자기 양심을 하느님 백성의 여정에 고립시키는 사람은 희망을 떠받치고 있는 성령의 기쁨을 알지 못합니다. 이것이 고립된 영혼의 위험함이지요. 자기만의 폐쇄된 세계에서 사는 사람들은 모든 것에 불평하거나 자기 정체성이 위협당한다고 느껴서 전쟁을 하지만 결국에는 더 자기만 생각하고, 자기 근거적이 돼버립니다.

부에노스아이레스에서 베르고글리오는 인기가 많은 대주교였다. 이는 아르헨티나의 가장 인구가 많은 지역에서 봉헌하는 미사에서 증명되었다.

2008년 8월 성 가예타노 축일에 베르고글리오는 강론 중에 사람들과 이야기를 나누었다.

"여러분에게 질문을 하나 하겠습니다. 교회는 선한 자에게만 열려 있는 곳입니까?"

"아니요."

"사악한 자를 위한 자리도 있습니까?"

"네."

"그렇다면 그 사람이 나쁘다고 쫓아내야 할까요? 아닙니다. 애정을 담아 그를 환영해야 합니다. 누가 우리에게 이것을 가르쳐주었을까요? 주님이 가르쳐주셨습니다. 그럼 상상해보십시오. 우리 모두를 대하는 하느님은 얼마나 참을성이 많으신지."

사람들의 신앙을 조정하는 것이 아니라 더 쉽게 신앙을 갖게 해주는 교회, 바로 베르고글리오가 원하는 '사람들의 교회'는 2009년 〈30일〉과의 또 다른 인터뷰에서 잘 나타난다.

며칠 전, 한 여인의 일곱 아이들에게 세례를 주었습니다. 남편 없이 가정부로 일하면서 아이들을 키우는 가난한 여인이었지요. 아이들은 두 명의 남편에게서 얻은 자식이었습니다.

지난해 성 가예타노 축일에 여인을 처음 만났는데 저에게 이렇게 말하더군요.

"신부님, 저는 큰 죄를 짓고 있습니다. 아이가 일곱 명인데, 하나도 세례를 받지 못했거든요."

여인은 멀리서 대부모를 모셔올 돈도 없고, 매일 일해야 하니 파티를 열 돈도 없었습니다. 그래서 만나서 해결책을 찾아보자고 했지요. 전화로도, 가끔 만나서 얘기도 했지만 도저히 대부모를 찾지 못하겠다는 겁니다.

결국 내가 말했지요.

"그럼 대표로 두 명의 대부모를 모시고 합시다. 모두 와서 간단한 교리 문답을 한 뒤 성당에 있는 대주교 행정실에서 세례를 주겠습니다. 식이 끝나면 간단하게 코카콜라와 샌드위치를 먹어요."

그랬더니 여인이 말하더군요.

"신부님은 제가 정말 중요한 사람인 것처럼 느끼게 해주셨어요. 믿을 수 없는 일이에요."

그래서 이렇게 대답했지요.

"하지만 자매님, 제가 어떻게 그렇게 하겠어요? 당신을 중요하게 만드는 분은 주님이십니다."

베르고글리오는 교회 법전의 가장 마지막에 나오는 '최고의 법은 영혼의 구원이다'라는 문구를 기억해야 한다고 말한다. 그는 주교로서, 일부 신부들이 법적으로 결혼하지 않아 '결혼의 신성함'이 없다는 이유로 미혼모에게서 태어난 아이들에게 세례를 해주지 않는다는 소식을 들었을 때 매우 괴로워했다.

아이들은 부모님의 결혼에 아무런 책임이 없습니다. 그리고 아이들의 세례를 통해 부모가 새 출발을 하기도 합니다. 보통은 세례 전에 약 한 시간 동안 간단한 교리문답을 하고, 전례를 하는 동안 세례식을 합니다. 그러면 신부와 신도들이 가족을 방문해 세례 후의 사도 임무를 이행합니다. 가끔 성당에서 결혼하지 않은 부모들이 결혼의 성사를 청하기도 합니다.

베르고글리오는 신부가 겨우 1년에 몇 차례밖에 방문하지 않는 아르헨티나의 가장 외딴곳에까지 이 전통이 이어지기를 바란다.

하지만 그곳에서는 아이들이 가능하면 빨리 세례를 받아야 한다고 생각합니다. 또 아이들이 태어나면 세례 주는 사람으로 알려진 평신도가 있어서 세례를 주고, 신부를 기다립니다. 신부가 오면 그를 아이들에게 데려가지요. 그러면 신부가 성유를 발라 의식을 마치는 겁니다.

2007년 브라질에서 열린 아파레치다 주교단 총회의 합의 문서를 쓸 때 중요한 역할을 했던 베르고글리오는 가톨릭 선교를 강조한다.

아파레치다에서 열린 총회에서 우리는 가만히 앉아 사람들이 찾아오기를 기다리는 것이 아니라 나가서 사람을 찾음으로써 복음을 선포해야 한다고 상기시켰습니다. 사도의 열정이란 거창한 일이나 행사를 계획하는 것이 아닙니다. 그것은 일상의 삶에서 전도가 이루어짐을 말합니다. 세례는 그런 점에서 매우 실질적인 방법입니다. 성사는 사람들의 있는 그대로의 삶을 위한 것입니다. 말을 많이 하지 않지만 이들의 신앙 감각은 다른 전문가들의 성사보다 더 많은 자비를 지니고 있습니다.

베르고글리오에게 교회는 엘리트로 이루어진 집단이 아니다.

다수에 반대하는 순수한 소수의 교회도 아니다. 프란치스코 교황은 세례와 다른 성사를 거부하는 완고한 가톨릭 신부가 적절하지 못하다고 생각한다. 그들은 신앙을 실천하고 있지 않기 때문이다.

그래서 그는 말한다.

신부는 사람들이 어떠해야 하는지가 아니라 있는 그대로의 사람들을 살펴서 그들이 필요한 것을 알아야 합니다. 선입견과 편견 없이 열린 마음으로 그들을 대해야 합니다. 하느님은 상처와 연약함을 통해 말씀하셨습니다. 주님이 말씀하도록 하십시오. 우리가 하는 말에 관심을 기울이지 않는 세상에서는 오직 우리를 사랑하고, 구원하는 하느님의 현존만이 사람을 끌어들일 수 있습니다. 사도들의 열정을 새롭게 해서 우리를 사랑하시는 주님을 먼저 증거할 수 있게 합시다.

8장

강론, 성명보다
대중과 직접 소통하는 리더

프란치스코 교황의 검소함은 부에노스아이레스에서는 이미 소문이 나 있었다.

알베르토 바를로치는 잡지 〈포폴리 Popoli〉에서 종교간 회의에 참여하는 사람들이 대주교의 거처에 찾아갔을 때, 베르고글리오가 집사나 도우미 없이 직접 문 앞에서 그들을 기다리고 있었다고 전한다. 그리고 진심과 유머를 섞어서 말했다고 한다.

"추기경이 문을 여는 일 말고 달리 할 일이 있겠어요?"

베르고글리오 대주교가 사람들, 특히 가난하고 약하고 병든 사람들과 가깝다는 것은 그의 교구의 특징이다.

"그는 빈민촌의 폐휴지를 줍는 사람들과 실업자를 위해 수많은 미사를 집전했다."

사회 개혁에 적극적인 국회의원 에밀리오 페르시코는 말한다.

"그는 언제나 우리에게 해줄 말을 담고 있는 분이었다."

베르고글리오는 언제나 '최전선에' 있는 교회를 보여주었고, 신부들을 빈민촌에 보내 훈련시키고 지원하고 독려했다. 그는 부지런히 사람들을 방문했다. 네스토르 키르치네르 정부와 그의 아내이자 현재 대통령인 크리스티나는 그가 교구 사람들과 쌓은 친밀함, 가난함에 대한 말들, 사회적 정의를 정치계에 대한 심한 비난이라고 해석했다.

5월 부에노스아이레스에서 독립 혁명을 축하하는 테데움에서 키르치네르는 그의 강론 내용에 괴로워한 나머지 다른 교구에서 테데움을 하도록 했다. 베르고글리오를 만나지 않을 요량이었다.

이때 베르고글리오는 강한 표현으로 아르헨티나의 수도 상황을 설명했다.

"부에노스아이레스에서 노예제도는 아직 폐지되지 않았습니다. 이곳에는 여전히 노예처럼 일하는 사람들이 있습니다."

이때 여성의 성적 착취와 섬유 공장에서 몰래 이용하는 노예 노동력, 포도 재배를 위해 이웃 국가에서 오는 이주 노동자들의 착취에 반대하는 진보 운동 단체인 비정부 조직 라 알라메다의 회원들도 참석해 있었다.

2004년 12월 30일 부에노스아이레스에서 1년이 끝나가던 무더운 날, 록 콘서트가 열리던 크로마뇽 나이트클럽에서 화재가 발생했다.

불은 삽시간에 퍼져 100여 명이 사망하고, 수백 명이 연기로 고통 받는 등 대 참사가 일어났다. 다시 한 번 도시는 감독의 부재, 부패, 무책임으로 위험을 겪었다. 클럽의 지배인은 비상구를 잠근 채 있었다.

알베르토 바를로치는 〈포폴리〉에서 다음과 같이 말했다.

베르고글리오 신부는 이 슬픈 사건에서 교회의 연대를 보여주고자 했다. 비극을 겪은 사람들에게 그의 존재는 위로가 되었고, 어떤 사람들에게는 잃어버렸던 신앙을 되찾는 계기가 되었다. 그리고 많은 사람들에게 교회가 친구, 누나, 엄마처럼 가깝게 느껴지기 시작했다.

다음 해 2월에 똑같은 상황이 벌어졌다. 태만, 무책임, 부패 때문에 기차역에서 비극이 벌어진 것이다. 여기서 51명이 죽고 수백 명이 다쳤다. 부에노스아이레스 대주교는 어려운 여건 속에서도 어쩔 수 없이 대중교통을 이용해야 하는 가난한 사람들을 위해 봉사하며 교회를 각인시켰다.

2000년이 시작되는 해, 아르헨티나는 경제 위기를 겪었다. 2001년 12월 국가는 심각한 사회적 혼란으로 고통 받고 있었다. 많은 가정이 거리에 나앉았다.

하루는 막 추기경이 된 베르고글리오가 주교의 집에서 바라보니, 마요 광장에서 경찰이 한 여성을 때리는 모습이 보였다. 대주교는 내무부 장관에게 전화했다. 내무부 장관과 연결되지 않고 치안 장관과 연결되었다. 베르고글리오는 그에게 아지프로 기관원과 단순히 자기 은행에 묶인 돈을 달라고 하는 사람들의 차이를 아는지 물었다.

그는 2002년 1월 〈30일〉에 실린 쟌니 발렌테와의 인터뷰에서 이 상황을 설명하면서, 아르헨티나 주교들이 전례 없는 위기에 대해 많은 사람들에게 한 말을 상기하고 있다.

국민의 돈을 낭비하고 시장을 지배하는 독재자의 횡포, 회계적인 무책임, 준법정신 결여, 일하고자 하는 의욕 상실 등이 팽배해 있습니다. 한마디로 국가의 응집력을 갉아먹고, 전 세계에서 위상을 떨어뜨리는 전체적인 부패의 온상입니다. 그리고 이 심각한 위기의 원인은 도덕성에 있습니다.

그 당시 경제적인 테러가 일어나고 있었습니다. 부자의 증가 수치, 가난한 자의 증가 수치, 급격히 떨어진 중산층 수치 등 쉽게 문서로 조작할 수 있는 결과를 보여주었습니다.

이 밖에도 교육 분야의 재앙을 들 수 있습니다. 부에노스아이레스에는 공부도, 일도 하지 않는 젊은이가 200만 명에 이릅니다. 아르헨티나에서 파괴적인 세계화가 되어가는 중에도 교회는 언제나 교권의 가르침에 따라왔습니다. 우리의 확실한 준거는 요한 바오로 2세가 만든 아메리카 교회의 사제에 대한 권고문에 진술되어 있습니다.

1929년 주식시장이 붕괴된 직후 작성된 '사십주년 Quadragesimo anno' 회칙에서 교황 비오 11세는 '국제적 시장 제국주의'를 수백만 가정을 빈민화시킬 수 있는 투기적인 경제 모델이라고 한 바 있다. 베르고글리오는 이를 성경에서 가져온 발언이라고 말한다.

모세가 하느님의 율법을 받기 위해 산으로 올라갔을 때, 사람들은 황금 송아지를 만들어 우상숭배의 죄를 저지르고 있었습니다. 현재의 경제 제국주의는 우상숭배 얼굴을 하고 있습니다. 우상숭배에는 언제나 금이 함께한다는 것이 이상하지요. 그리고 우상숭배가 있는 곳에서 하느님은 인간의 존엄과 함께 지워져버립니다.

이렇게 새로운 경제 제국주의는 인간의 존엄성을 나타내는 노동과 하느님의 창조 이미지를 없애버립니다. 투기적인 경제는 노동력이 필요하지 않습니다. 노동력으로 무엇을 해야 할지 모르기 때문입니다. 이것은 돈이라는 우상을 만들어 돈이 돈을 만들어내도록 합니다. 그리고 수백만 노동자를 실업자로 만드는 데 장애물은 존재하지 않습니다.

이러한 현실 인식은 남미 주교 총회의 합의서와 교회의 사회 교리에서 주교들이 도출한 내용을 바탕으로 한 것이다.

중요한 것은 푸에블로 문서입니다. 푸에블로에서 열린 남미 주교 총회는 중요한 분수령이 되었습니다. 이들은 남미 전통문화와의 대화를 통해 라틴아메리카를 인식해왔습니다. 그리고 정치적, 경제적 체제의 관점에서 그들이 가진 좋은 점은 사람들이 가진 종교적이고 영적인 자산이었습니다. 이것은 바오로 6세가 현대의 복음 선교에서 칭찬한 국민의 열정에서 잘 표현되어 있습니다.

기독교적 경험은 이념적인 것이 아닙니다. 그것은 협상의 여지가 없는 진정성이고, 이는 주 예수를 만나는 놀라움에서 생기고, 인간 예수그리

부에노스아이레스 빈민가. 2000년 4월 부에노스아이레스 빈민가에서 부활절을 맞아 그 곳 아이들과 함께 포즈를 취하고 있다. 프란치스코 교황은 아르헨티나 부에노스아이레스의 빈민들에게 청빈과 겸손의 대명사로 통했다.

스도에 대한 경탄에서 오는 것입니다.

우리 국민은 이를 지키고 신앙심으로 표출하고 있습니다. 좌익 이념과 현재의 압도적인 경제 제국주의는 예수와 만남의 기독교적 진정성을 없애지만, 여전히 많은 사람들이 단순한 신앙 속에서 살아가고 있습니다.

그는 거친 말로 국제기구와 중앙 경제기구가 해온 일을 비난했다.

"그들은 허울 좋은 말뿐으로 사실은 인간을 중심에 두지 않습니다. 정부에게 그들의 엄격한 지침을 말하고, 언제나 윤리와 투명성을 말하지만 저에게는 선이 없는 윤리주의자로 보입니다."

베르고글리오는 위기에 대해서 이렇게 말한다.

아르헨티나의 위기를 극복하기 위해 노력할 때, 교회의 전통 속에서 염두에 두어야 할 것이 있습니다. 바로 가난한 사람을 억압하고 노동자의 월급을 속이는 일은 신에게 복수를 청해야 할 죄악이라는 것입니다. 가난한 사람을 만들어내는 제도에 지쳐도, 교회는 가난한 사람들을 지원해야 합니다. 이 위기 상황에 주교들은 아이들과 점점 늘어나는 거리에 나앉은 사람들을 위해 무료 급식 프로그램을 제공해왔습니다. 가톨릭 지도부 역시 화해의 탁자에 앉아 도덕적 조직으로서의 역할을 해야 합니다.

주교회의의 의장인 에스타니슬라오 에스테반 카릭은 "우리 모두는 죄인입니다"라고 말했다.

이에 베르고글리오는 말한다.

우리도 그들의 일부이므로 죄와 은총을 함께해야 합니다. 우리는 아무 대가 없이 우리의 죄를 사해주신 경험을 했을 때만 하느님 선물의 대가 없음을 공언할 수 있습니다.
2000년에 아르헨티나 교회는 고행과 사회에 용서를 청하는 시간을 보냈고 독재의 시기를 견뎠습니다. 아르헨티나 사회의 어떤 부분도 우리처럼 용서를 구하지 않았습니다.

추기경은 이렇게 마무리했다.
"교회는 사회 각 부분과 대화하려고 노력해야 합니다. 교회가 대화의 주체가 아닐지라도 두 형제가 만나서 화해할 수 있는 집을 제공하는 사람처럼 대화의 장소를 제공해야 합니다. 하지만 교회는 로비 집단, 정당 등 다른 이해 단체나 압력 단체와 동일시되는 사회집단이 아닙니다."
그리고 국가의 지도자들이 신뢰를 잃었을 때를 설명한다.
"우리가 정치가를 믿지 않는다 하더라도 바오로 6세가 말씀하셨듯이, 더 높은 형태의 자비가 될 수 있기 때문에 정치의 중요성을 입증해야 합니다. 예를 들어 우리나라에 적용되는 경제 발전 모델은 교육, 건강, 사회복지 분야에서 파괴적인 영향을 주어 아이와 노인에게 가장 큰 피해를 주고 있습니다. 그러나 국민이 아이와 노인에게 관심을 기울이지 않으면 그 나라에는 희망이 없습니다."

베르고글리오는 아르헨티나가 위기를 어떻게 극복해야 할지에 대한 명확한 생각을 가지고 있는 것 같았다.

"저는 기적을 믿습니다. 그리고 아르헨티나 국민은 위대하고 아름다운 사람들입니다. 우리가 지켜온 영직 재산은 이미 기적의 시작입니다. '하느님이 행한 기적이 잘못되는 것을 본 적이 없다'는 만조니의 말에 동의합니다. 우리가 잘해낼 것을 믿습니다."

《예수회》에 실린 이야기를 읽고 그에게 말했다.

"부에노스아이레스의 빈민촌에 자주 들렀다는 이야기가 있습니다. 교구 주민들과 대화를 나누고 있는데 한 벽돌공이 일어나서 감격스러운 목소리로 이야기했다고 하더군요. '저는 추기경이 자랑스럽습니다. 동료들과 함께 그 옆을 지날 때마다 그분은 언제나 가장 마지막 줄에 앉아 계셨습니다. 다른 사람들과 똑같이 말입니다.'"

베르고글리오 신부가 당선되자 그 기쁨은 이루 말할 수 없었다. 사람들은 "우리 같은 가난한 사람들에게 로마에 친구가 생겼다"라고 말했다.

프란치스코 교황을 이해하려면 우리는 빈민촌부터, 누에스트라 세뇨라 데 카아쿠페에 있는 벽화로 둘러싸인 주차장부터 시작해야 한다. 이곳은 파라과이 이민자로 이루어진 교회였다.

토토 신부는 〈라 스탐파〉와의 인터뷰에서 회상한다.

"베르고글리오 추기경이 이곳에 마지막으로 온 것은 작년 12

월 8일이었습니다. 성모마리아 축제에 빠진 적이 없었어요. 이곳에서 매우 편안했고, 미사를 집전하고, 성사를 주관하기도 하고, 우리와 함께 로크로(감자 스튜)를 먹기도 했습니다.”

고기와 옥수수로 만든 걸쭉한 수프는 야외에서 제공된다.

제시카 아라호는 지난 11월 10일에 있었던 일을 생각하며 눈물을 참지 못한다.

“제 아들 맥시의 첫 영성체 날이었어요. 아시겠지만 저는 열다섯 살에 임신을 했어요. 이 사건이 제 인생을 송두리째 바꿔버렸고, 어쩔 수 없이 학교를 그만둬야 했어요. 그런데 평범한 옷을 입은 신사 분이 온 거예요. 분명 버스를 타고 오셨을 거예요. 밖에 차가 없었으니까요. 그런데 사제복을 걸치니 알아보겠더라고요. 호르헤 신부님이셨어요. 제 아들에게 첫 영성체를 내리기 위해 오셨어요.”

그의 교구에는 이런 사연을 지닌 사람이 수십 명이나 된다. 젊은 여인 한 명은 결혼식 때 남편과 함께 찍은 추기경의 사진을 보여준다.

토토 신부는 “그분은 우리와 같은 사람”이라고 표현하며 〈라스탐파〉의 특파원 파올로 마스트로릴리에게 신임 교황과의 추억을 말한다.

진심으로 꾸밈이 없는 종교적인 분입니다. 생각해보세요. 어제 그가 대주교 행정실로 전화해서 직원의 생일을 축하해주셨어요.

따뜻한 리더, 교황 프란치스코

가난한 여성이 흥분해서 물었지요.

"이제 어떻게 불러야 할지 모르겠어요."

그랬더니 "호르헤 신부라고 부르시면 됩니다"라고 대답하셨어요.

집무실에 가면 책상 근처에서 스파게티 꾸러미를 볼 수 있어요. 가끔 직접 음식을 만들어 드시기도 했지요. 콘클라베를 위해 떠나기 전에 저는 급하게 서류에 사인을 받아야 했어요.

그 때 이렇게 말씀하시더군요.

"알겠어요. 10분 설명할 시간을 드리지요. 곧 로마로 떠나야 하거든요."

고통 받는 사람들의 이웃이 되는 가까이 있는 교회의 얼굴, 베르고글리오가 바라는 교회의 얼굴은 경찰이 밤에 걷기를 두려워하는 거리에서 현실이 되었다.

프란치스코회 수사인 카를로스 트로바렐리는 말한다.

"그는 플로레스의 인구 밀집 지역에서 태어났습니다. 그리고 그 사람들에게서 떨어지지 않았지요."

파쿤도 베레타 로리아 신부는 이렇게 말한다.

"제 눈으로 직접 봤습니다. 약에 취한 중독자가 페페 신부를 죽이려고 위협했을 때, 그가 어떻게 행동하는지 똑똑히 봤지요. 코카인 찌꺼기로 만든 약을 이 거리에서 몰아내려고 했어요. 우리에게는 이렇게 말씀하셨어요. '내가 할 수 있는 일이 있으면 언제든지 연락하십시오. 개인적으로도 이 일을 해결하려고 합니다.'"

청바지와 샌들 차림에 성직자 셔츠의 단추를 채우지도 않은 파쿤도 신부가 말을 잇는다.

"한때는 오해가 있기도 했습니다. 정치는 모든 것과 혼합되니까요. 그런데 우리가 만났을 때 베르고글리오 신부님은 언제나 같은 것을 주장하셨어요. '결코 자비로움에 지쳐서는 안 됩니다.' 그분 말이 맞아요. 믿음이 공고해질 때 빈민촌에도 진정한 축제가 시작되기 때문입니다."

하지만 호르헤 마리오 베르고글리오가 부에노스아이레스 대주교가 되었을 때, 악명 높은 빈민 지역에 살면서 빈민촌 사람들에게 삶을 바치는 신부는 여섯 명밖에 없었다.

파쿤도 신부가 말한다.

"지금은 24명이 되었습니다. 베르고글리오 대주교가 개인적으로 우리를 지원하고, 우리와 함께 거리로 나오셨기 때문입니다. 플라자 콘스티투시온에서 매춘녀들을 위해 미사를 집전하고, 에이즈 환자를 방문하고, 행방불명된 가족들과 계속 연락하면서 진리가 우리를 자유케 하리라는 희망을 갖고 계셨습니다. 그러나 프란치스코 교황은 우리는 NGO가 아니며, 이 모든 것은 신앙의 원칙 아래 이루어져야 한다고 말씀하셨습니다."

2009년 사제 중의 한 명인 페페 신부가 마약 운반책들에게 위협을 받았을 때 베르고글리오가 그를 보호했다.

〈30일〉과의 인터뷰에서 그는 이 신부들에 대해서 말했다.

"그들은 일하고, 기도합니다. 그들은 기도하는 신부입니다. 그리고 사회 프로그램에 따라 교리 교육을 가르치고 있습니다. 제가 좋아하는 부분이기도 하지요. 그들은 협박 받는 본당 사제에 대해서 이야기합니다. 맞습니다. 그는 돈 보스코에 특별한 헌신을 보였습니다. 정확하게는 돈 보스코의 스타일에 감동했습니다."

이러한 개척자적인 신부들이 하는 일을 이제는 교황이 된 그들의 주교가 얼마나 사랑하고 시지하는지 젊은 여성 미리암은 두 눈으로 똑똑히 보았다.

미리암은 몇 년 전까지 쓰레기 더미에서 잠자며 아이를 버려 둔 채 마약을 사기 위해 돈을 벌었다. 마약을 사기 위해 수단과 방법을 가리지 않았다.

"저에게는 더 이상 구원이 없을 줄 알았어요. 하지만 길거리에서 계속 만나는 신부님이 있었는데, 저한테 이렇게 말씀하셨죠. '하느님은 당신을 사랑하십니다.' 지금 저는 교리 교수법 선생으로 일하고 있어요. 앞으로 마약 중독자를 돕는 치료사가 되고 싶어요."

2008년 성주간 동안 베르고글리오 추기경은 빈민촌에서 하느님의 만찬이라는 미사를 봉헌하기로 결정했다. 그리고 오가르 데 크리스토 마약 재활 센터에서 젊은이 12명의 발을 씻겨주었다.

빈민촌 신부들은 자비의 복음을 목격하며 절망에 빠진 사람들에게 다시 희망을 주었다.

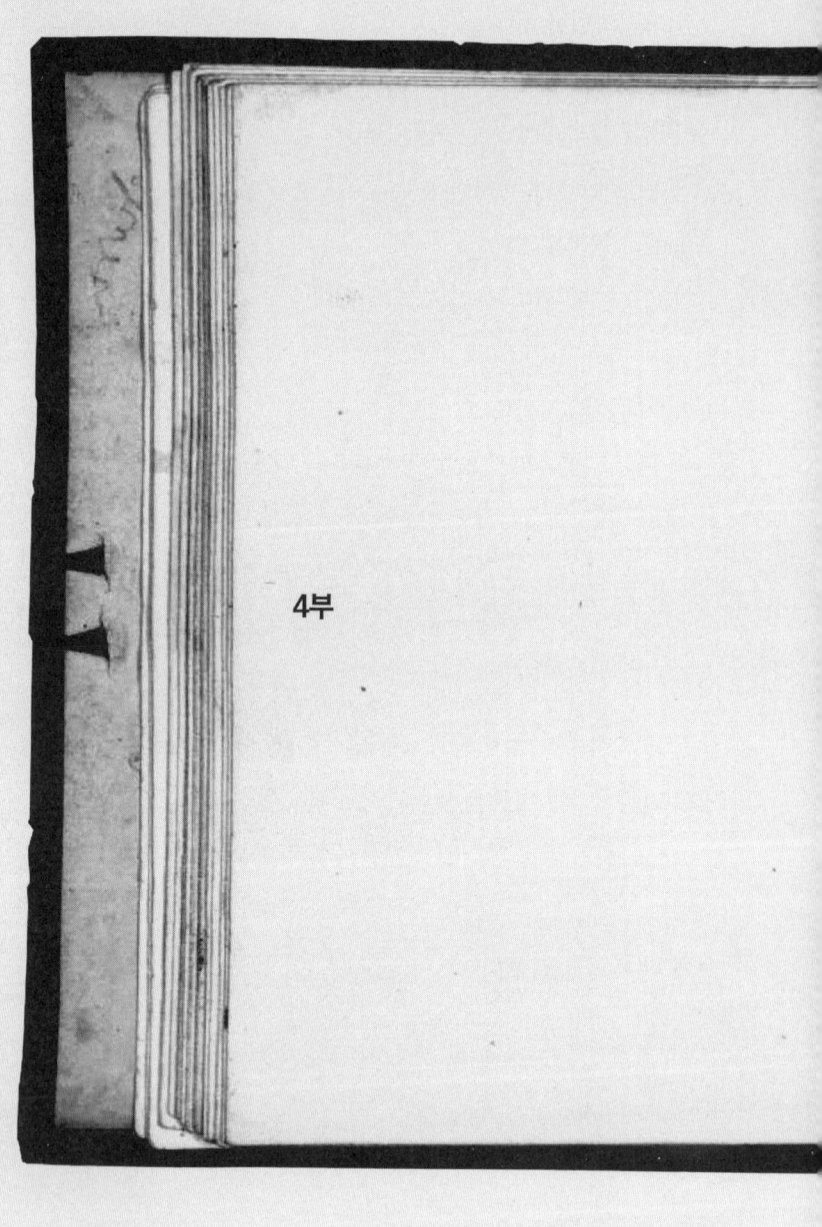

4부

부드러운 혁명가, 프란치스코

9장

프란치스코,
그 이름의 의미와 유래

3월 14일 화요일, 로마 주교로서의 첫날, 프란치스코 교황은 자신을 뽑은 추기경들과 함께 시스티나 성당에서 공동 미사를 집전했다. 그는 전통적으로 국무원이 신임 교황을 위해 미리 작성한 강론을 하고 싶지 않아서 원고를 옆으로 치웠다.

266번째 로마 주교는 복음 봉독 후 강론대에서 즉석 강론을 했다. 머리에 화려한 주교관을 쓰지 않았다. 그는 복음서를 넘기며 간단하지만 심오한 말로 교회의 영적 세속화에 대해 경고했다. 그는 평소에도 영적 세속화가 '교회의 가장 큰 죄'라고 생각했다.

프란치스코 교황의 첫 번째 미사는 이미 변화가 일어나고 있다는 신호탄이었다. 새 교황은 최근 교황 예복에 들어간 황금으로 장식된 주교관을 쓰지 않았다. 그는 천으로 된 단순한 주교관을 썼고, 부에노스아이레스 빈민촌의 버림 받은 사람들과 함께 했던 얼굴이었다. 사람들은 그에게서 희망을 주고, 신앙을 전파하고, 도움을 주는 '가까운' 교회의 얼굴을 본다.

3월 14일 현재 의전 담당 사제도 프란치스코 교황의 검소함에 영향을 받아 전날 밤 모피를 두른 붉은 어깨 망토를 입지 않겠다고 결정했다.

미사는 매우 검소하게 진행되었다. 몇 시간 전에 추기경 선거인단이 천천히 한 줄로 걸어 나와 투표용지를 들고 베드로의 후계자를 뽑았던 곳에서 진행된 교회를 위한 봉헌 미사였다.

새로운 교황이 어떤 말을 할지 알 수 없었다. 대대로 교황청 국무원에서 미리 마련하는 교황 강론의 내용은 대체로 교회 역사를 주제로 다루었다. 그 원고를 신임 교황이 마지막으로 수정, 완성해 몇 시간 후 시스티나 성당에서 발표하는 것이다. 2005년 베네딕토 16세 때도 그랬고 1978년 요한 바오로 1세와 2세 때도 마찬가지였다.

하지만 프란치스코 교황은 다르게 하기로 결정했다. 전통에 따라 라틴어로 준비하는 사전 담화문은 아예 생각하지도 않았다. 그는 즉석 강론을 펼쳤다. 또 다른 변화의 표시였다. 프란치스코 교황은 세 독서에 나오는 '여정을 떠나다', '건설하다', '선언하다'를 중심으로 미사를 이끌었다.

그는 하느님이 아브람에게 내린 첫 번째 지침을 말했다.

"내 현존 안에서 거닐며 부끄러움 없이 살아라."

프란치스코 교황은 듣는 사람들이 하느님의 현존 안에서, 하느님의 빛 안에서 거닐며, 부끄러움 없는 삶을 추구하도록 했다.

이 말씀은 먼저 추기경들에게, 로마 교황청에, 그리고 모든 신도에게 전해졌다.

그러고 나서 교회 건설에 대해 말했다. 단단하지만 살아 있으며 성령으로 입힌 돌에 대해 말했다.

"주님 자체의 토대 위에 그리스도의 신부, 교회를 건설해야 합니다."

마지막으로 믿음을 선언하는 것에 대해 말했다.

"우리는 원하는 만큼 걸을 수 있고, 많은 것을 건설할 수 있지만 예수그리스도를 선언하지 않는다면 모든 것은 잘못된 것입니다."

교황은 말을 잇는다.

"그렇게 되면 하느님의 신부인 교회가 아니라 NGO 자선단체에 지나지 않을 것입니다."

자선단체로 변할 위험은 이틀 전 추기경 단장 안젤로 소다노 추기경이 콘클라베 미사 강론에서 말한 내용에도 들어 있었다. 그전에는 로마의 명예 주교 베네딕토 16세의 교도권에서도 이러한 내용을 찾을 수 있다. 명예 주교는 이미 여러 차례 자선이라는 말을 '연대, 단순한 인류의 도움'이라는 말로 제한하는 것을 경고했다.

"반석 위에 세워지지 않으면, 그것은 바닷가에서 아이들이 쌓는 모래성에 지나지 않을 것입니다. 견고하지 못하면 모두 떠내려갈 것입니다."

그러고는 레옹 블루아 Leon Bloy (19세기 프랑스 소설가)의 말을 인용한다.

"주님께 기도하지 않는 사람은 사탄에게 기도하는 것이라고 했습니다. 예수그리스도를 선언하지 않으면 사탄의 세상, 악마의 세상을 선언하는 것입니다."

여정, 건설, 선언이 쉬운 일은 아니라고 교황은 인정한다.

"여정, 건설, 선언에는 우리를 좌절케 하는 일도 있습니다. 심지어 '예수그리스도를 선언한 베드로'도 말했습니다. '당신을 따르겠습니다. 하지만 십자가는 지지 않겠습니다.'"

그런 뒤 교황은 가장 극적이고 강한 말을 쏟아놓는다.

"십자가 없이 여정을 하고, 십자가 없이 교회를 짓고, 십자가 없이 그리스도를 선언하면, 우리는 하느님의 제자가 될 수 없습니다. 우리는 세상의 주교이고, 신부이고, 추기경이고, 교황일지 모르지만 하느님의 사도는 될 수 없습니다."

그다음 교회가 그리스도와 그의 십자가를 증언하지 않는다면 복음 전도의 방해가 될 수 있는 영적인 세속화 위험, 교회의 위험에 대해 이야기한다.

"저는 우리 모두가 은총의 날을 보낸 후 하느님의 현존 안에서 십자가를 지고 걸어갈 용기를, 그렇습니다, 용기를 갖기를 희망합니다. 십자가에 뿌려진 예수님의 피로 교회를 짓고, 십자가에 못 박히신 그리스도의 영광을 선언하는 용기를 갖기를 희망합니다. 이럴 때만이 교회는 전진할 수 있습니다."

여정을 다시 시작하는 교회는 십자가를 잊어서는 안 되고, 순교에 이를 때까지 주님을 따를 준비를 해야 한다.

3월 15일 금요일, 프란치스코 교황은 클레멘스 홀에서 추기경들을 앞에 두고 전체 교회에 촉구했다.

"매일같이 사탄이 우리에게 전해오는 비관적인 생각에 굴복하지 맙시다."

콘클라베에 참여하지 않은 80세 이상의 추기경도 모두 참여한 긴 회합이었다. 교황이 도착해서 교황좌에 앉았다. 예사롭지 않은 검은 구두가 하얀 예복과 대조를 이루었다. 그는 안젤로 소다노 추기경 단장의 인사를 들으며 갑자기 인사하기 위해 일어나다가 계단을 보지 못하고 미끄러질 뻔했다. 그러고는 독일 시인 휠덜린의 원어로 된 시를 인용하며 즉석 강론에 덧붙였다. 그는 교황으로 뽑힌 후 군중과의 첫 만남에서 깊은 감동을 받았다고 전했다. 또 베네딕토 16세의 '겸손함과 온순함'을 강조하며 진심 어린 감사를 전했다.

교황은 클레멘스 홀에 모인 고위 성직자들을 '형제 추기경 여러분'이라고 부르며 콘클라베 동안 아름다운 경험을 강조했다.

"유대감, 우정, 친밀함은 우리에게 좋은 영향을 줄 것입니다. 서로에게 마음을 열고 친숙해지는 것은 성령 활동에 도움을 줄 것입니다."

프란치스코 교황은 성령 자체가 교회의 다양성을 만드는 바벨탑과 같은 존재이지만 한편으로 이러한 다양성 속에서 평등이 아닌 조화 속에서 통합을 이루는 것은 주님이라고 말했다.

교황은 낙관적인 관점을 펼친다.

"매일 사탄이 전해오는 괴로움과 비관론에 절대 굴복하지 맙시다. 낙담이나 비관에 절대 굴복하지 맙시다. 성령이 강력한 입김으로 인내를 내리시고, 복음 전파의 새로운 방법을 찾고, 지구 끝까지 복음을 펼 수 있도록 용기를 불어넣어줄 것을 확신합니다."

또한 절반 이상이 노인이라며 격려도 했다.

"젊은 사람들에게 우리의 지혜를 물려줍시다. 와인이 시간이 지날수록 숙성되는 것처럼 말입니다."

교황은 추기경들과 일일이 인사를 나누며 농담도 하고, 질문에 대답하기도 하고, 서로의 손에 입을 맞추었다. 어느 누구도 금으로 된 가슴 십자가를 하지 않았다. 프란치스코 스타일이 분명 효과를 나타낸 것이다.

그는 마르크 우엘레 추기경과 오랫동안 이야기했다. 바티칸 시국 행정 책임자 주세페 베르텔로 추기경과 온두라스의 오스카 로드리게스 마라디아가 추기경과도 오랫동안 이야기를 나누었다. 아프리카 추기경 몇 명은 묵주와 신성한 물건에 축복을 청했고, 폭스 나피에르 추기경은 자선 프로젝트의 하나인 노란색 플라스틱 팔찌를 주기도 했다. 교황은 팔찌를 받자마자 팔목에 찼다.

프란치스코 교황은 성 마르타의 집에서 다시 한 번 추기경들과 점심 식사를 했다. 식사 때도 교황의 자리를 먼저 마련하지 않고 매일 자리를 바꿔가며 앉았다. 그런 후 이틀 전 심장 발작으로 입원한 90세의 친구 호르헤 메히나 아르헨티나 추기경을 만났다. 아우렐리아에 있는 비오 11세 병원에서 30분 동안 그와 이야기를 나누고 추기경의 손에 축복을 내린 후, 의사와 환자들에게도 인사했다.

이 방문은 1978년 10월 17일 요한 바오로 2세가 당선된 다음 날 친구인 안드레아 데스쿠르 주교를 만나러 게멜리 클리닉에 갔던 것을 떠오르게 한다.

바티칸 관료들은 각 부서장의 재임명을 기다리며 조력자들의 팀이 바뀔 것이라고 생각했다. 초기에 프란치스코 교황은 개인 비서로 몰타의 알프레드 수에레브를 지명했다. 그는 베네딕토 16세의 제2 비서관이었다. 그들은 공식 리무진보다 버스 타기를 더 좋아하는 교황의 새로운 스타일에 적응해야 한다. 로마 주교는 사도좌에 올랐으나 자신이 살아가는 방식과 복음을 증거하는 방식을 바꾸지 않으려고 한다. 그리고 기존 교황청의 의식은 이제 구시대의 유물이 된 것 같다.

3월 16일 토요일, 바오로 6세 홀에서 6,000여 명의 취재기자와 사진기자들이 몰려들어 언론 간담회가 열렸다. 이 자리에서 교황은 이름을 '프란치스코'라고 지은 이유에 대해 설명했다. 교황은 또다시 미리 준비된 원고를 치우고 교황직에 대한 자신의 계획을 밝혔다.

새로운 교황의 계획은 이름을 선택하게 된 설명에 들어 있었다. 프란치스코 교황은 교회의 역사를 기록하는 기자들에게 결코 신앙이라는 차원을 잊지 말기를 당부했다. 또 교회의 진정한 성격과 교회를 인도하는 영적인 관심을 이해해줄 것을 부탁했다. 그리고 참되고, 선하고, 아름다운 것에 관심을 기울여줄 것을 당부했다.

"교회는 사람 안의 진리, 선, 아름다움과 소통하기 위해 존재하기 때문에 이런 점에서 우리는 공통점을 가지고 있습니다."

즉석에서 한 내용에는 '중심'이라는 말이 들어 있다.

"베드로의 후계자가 중심이 아니라 예수님이 중심입니다. 그가 없으면 베드로도, 교회도 존재하지 않고, 존재할 이유도 없습니다."

다시 말해 교황은 주연배우가 아니라는 말이었다. 기자 간담회는 "저는 여러분 모두를 무척 사랑합니다"라는 말로 마무리되었다.

그 다음 일요일에 예정된 두 행사에서 새로운 바람을 느낄 수 있었다. 아침 10시 프란치스코 교황은 바티칸에 있는 작은 성 안나 성당에서 미사를 봉헌하기로 결정했다. 이곳은 작지만 보르고 피오에 사는 로마 사람들의 본당이었다.

교황은 강론에서 그의 첫 회칙이라 할 수 있는 자비에 대해서 말했다.

"예수님은 우리에게 자비라는 메시지를 보내십니다. 자비는 주님이 우리에게 내리는 가장 강력한 메시지입니다."

우리는 점점 더 책임을 인정하지 않거나, 받아들이지 않으려고 하는 사회에 살고 있다. 그러면서 언제나 다른 사람이 틀렸다고 주장한다. 다른 사람들은 언제나 부도덕한 사람들이다. 언제나 다른 사람이 잘못한 것이지, 내가 실수한 것이 아니다. 우리는 때로 일상의 삶을 무겁게 하고 자유를 질식시키는 금욕과 절제로 사람들의 삶을 '조정'하려는 교권주의의 회귀를 목격하기도 한다. 환영하기보다는 비난하는 것이 빠르고, 인류의 불행에 고개를 숙이지 않고 비판하는 것이 더 쉬운 세상이다. 새로운 교황의 명문화되지 않은 첫 회칙의 핵심인 자비의 메시지는 이러한 두 가지 진부함을 동시에 파괴한다.

프란치스코 교황은 모세의 율법에 규정된 대로 율법학자와 바리새인들이 돌로 쳐 죽이려고 했던 부정한 여인에 대한 성경 구절을 설명한다.

예수는 죄가 없는 사람이 가장 먼저 돌을 던져야 한다고 말하며 여인을 구한다. 사람들이 모두 그 자리를 떠났다.

"나도 너를 단죄하지 않으니, 가서 다시는 죄를 짓지 말라."

자비를 경험하는 데 필요한 유일하고 가장 우선되는 것은 자비가 필요한 사람을 알아보는 것이라고 프란치스코 교황은 설명한다.

"우리가 죄인임을 깨달을 때 '예수님은' 찾아오십니다. '다른 사람들과 같지 않다'는 이유로 제단 앞에서 하느님께 감사드리는 바리새인을 흉내 내지 않아도 됩니다. 우리가 그런 바리새인 같다면, 우리가 올바르다고 생각한다면 우리는 하느님의 마음을 모르는 것이고, 결코 자비를 경험하는 기쁨을 알지 못할 것입니다. 자신이 모두 옳고, 바르고, 선하다고 생각하며 다른 사람을 판단하는 사람은 자기가 용서받고, 포옹 받아야 할 사람이라는 사실을 깨닫지 못합니다. 반면 자기는 못된 짓을 너무 많이 해서 용서받을 수 없다고 생각하지만 자비가 필요하다고 깨닫는 사람이 있습니다.”

이와 관련해 교황은 자비에 대한 말을 듣고 있던 한 사내가 고해소에서 했던 말을 들려주었다.

“‘신부님은 제가 어떤 사람인지 모르니까 그런 얘기를 하시는 거예요. 저는 정말로 죄를 많이 지었어요.’ 그래서 제가 말했습니다. ‘그럼 더 좋지요. 주님께 가십시오. 주님은 당신의 이야기를 듣고 기뻐하실 겁니다. 그러고는 잊어버리십니다. 잊어버리는 특별한 능력을 가지고 계십니다. 그것을 잊고, 당신에게 입 맞추고, 당신을 포옹하고 이렇게 말씀하십니다. ‘나는 너를 단죄하지 않는다. 가라, 그리고 다시는 죄를 짓지 마라.’ 이것이 유일하게 주님이 주시는 충고입니다. 한 달 후에 다시 똑같은 상황에 있더라도 주님께 가십시오. 주님은 용서하는 데 결코 지치지 않으십니다. 용서를 구하느라 우리가 지칠 뿐입니다. 용서를 구하는 일에 지치지 않도록 은총을 청하십시오. 하느님은 결코 용서에 지치지 않으시기 때문입니다.”

우리에게 용서가 필요하다고 인정하면 하느님은 따뜻하게 맞이하고, 용서하는 일에 지치지 않으신다. 이렇게 간단하고 심오한 프란치스코 교황의 말은 신선하게 들린다. 정확하게 말하면,

많은 이들이 사람들의 연약함과 상처를 꾸짖지 않고 자비라는 약으로 치료해주는 교회의 얼굴을 보았다.

프란치스코 교황은 미사 마지막에 마약 중독자들과 함께 일하는 젊은 우루과이 신부 곤살로를 소개했다.

"그를 위해 기도해주십시오."

그러고는 교회 문 앞에 서서 검소한 본당 신부처럼 한 사람씩 미사에 참석한 사람들에게 인사했다. 또 하나의 단순하지만 직접적인 행동이었다. 그것으로도 충분하지 않았는지 이탈리아 경계에 있는 바리케이드에 몰려든 신자들에게 인사했다.

바티칸 보안청은 걱정했다. 이번 교황은 자신만의 스타일이 있었고 무엇보다도 경호라는 이름 아래 새처럼 갇혀 지낼 생각은 없는 듯했다. 프란치스코 교황은 계속 손을 흔드는 사람들을 떠나는 것이 내키지 않아 보였다. 하지만 이제 삼종기도가 기다리고 있었다.

교황은 예정대로 나타났다.

"형제자매 여러분, 안녕하십니까?"

성 베드로 광장은 물론 옆길까지 사람들로 가득했다.

"지난 수요일 처음 만난 뒤로 오늘 다시 여러분에게 인사를 드리게 되었습니다. 일요일, 주일에 인사 드리게 되어 기쁩니다. 일요일은 우리 기독교인에게 아름답고 중요한 날입니다. 일요일마다 만나서 서로 인사하고, 광장에서 서로의 안부를 묻습니다. 이 광장은 미디어 덕택에 세계적인 곳이 되었습니다."

교황은 일요일의 복음에 대해 말했다. 사형선고를 받은 부정한 여인을 구한 예수님의 이야기다.

"예수님의 태도는 놀랍습니다. 우리는 경멸의 말이 아니라 사랑의 말을 듣습니다."

다른 사람의 죄에 분노하고 양심을 생각하지 않고 경멸을 청하는 것은 쉽다.

"하느님의 얼굴은 언제나 인내하는 자비로운 아버지의 얼굴입니다. 하느님은 우리가 뉘우치는 마음으로 그분께 돌아갈 수 있다면 우리를 용서하는 데 지치지 않으십니다."

우리에게 용서가 필요하다는 인식의 문제이자 죄 없는 사람은 없다는 자각의 문제다.

그리고 곧 자비는 그의 교황직에서의 핵심이 되었다.

베르고글리오 교황은 이 주제에 대한 내용이 담긴 카스퍼 추기경의 책에 감동을 받았다고 한다. 여기서 또 잠깐 벗어나 농담을 한다.

"물론 우리 추기경의 책을 선전하는 것은 아닙니다. 하지만 이책에는 정말 좋은 내용이 많이 담겨 있습니다. 자비는 세상을 변화시킵니다. 덜 냉담하고, 더 바른 세상을 만듭니다."

그는 예언자 이사야의 말을 인용한다.

"우리의 죄가 분홍색이어도 하느님의 사랑이 죄를 눈처럼 하얗게 만드십니다."

믿는 것이 어려운 세상에 대고, 새로운 교황은 2,000년 전처럼 자비는 감정이 아니라 사람 그 자체라고 외치고 싶어 한다. 그리스도의 강생을 환기하는 그의 충격적인 방법—삼종기도는 주님의 강생을 기리는 것이다—은 모성적인 몸짓이었다.

그는 팔을 앞으로 내밀어 아이를 흔드는 듯한 동작을 해 보였다.

"성모마리아님이 하느님의 자비로 만든 인간을 안고 계십니다."

교황은 부에노스아이레스 주교 시절에 파티마 성모상을 모시고 미사를 드리는 동안 고해성사를 마친 나이 든 여인에 대해 이야기했다.

"'우리는 모두 죄인입니다. 하지만 주님께서는 모든 것을 용서하십니다.' 나이 든 숙녀는 확신을 가지고 말했습니다. 그래서 '어떻게 아십니까?'라고 물었습니다. '하느님이 용서해주지 않으면 세상은 존재하지 않기 때문이지요.' 저는 그분에게 신학 대학교에서 공부하셨는지 물어보고 싶을 정도였습니다."

프란치스코 교황은 우리 역시 "모두에게 자비로워지는 것을 배워야" 한다고 했다.

마지막으로 인사하기 전에 다시 한 번 강조했다.

"이 말을 잊지 맙시다. 하느님께서는 용서에 지치지 않으십니다. 우리가 용서를 구하는 데 지칠 뿐입니다."

3월 19일 화요일, 햇살 가득한 하늘 아래 프란치스코 교황의 엄숙한 취임식이 시작되었다. 예배는 간단했지만 모두 라틴어로 진행되었다. 처음으로 콘스탄티노플 세계 교회의 수장인 바르톨로메오 1세가 참석했다. 맨 앞줄에는 로마 유대교 랍비 리카르도

디 세그니가 앉아 있었다.

교황은 모두에게 인사하기 위해 하얀색 지프를 타고 45분 동안 광장을 돌아다녔다. 그는 많이 아픈 사람을 보자 차를 멈춘 후 내려서 그를 위로하고 부드럽게 어루만졌다.

취임식이 시작되었고, 그는 교황의 팔리움, 즉 예수의 어깨에 매어진 양을 상징하는 양털로 만든 영대를 받았다. 그리고 어부의 반지를 받았다.

미사에서 미리 짜여진 강론을 예상한 사람들은 깜짝 놀랐다. 프란치스코 교황은 성 요셉 대축일에 매우 열성적으로 신앙, 힘, 부드러움을 바친 요셉 성인에 대해 강론을 했다.

진정한 권한은 봉사라는 것과 권한을 행사할 때는 교황도 십자가 위에서 가장 빛나는 봉사에 충실해야 한다는 것을 잊지 맙시다. 교황은 요셉 성인이 보여준 낮은 자세로, 구체적이고 신심이 충만한 봉사로 고무되어야 합니다. 그리고 그분처럼 두 팔 벌려 모든 하느님의 백성을 보호하고, 모든 인류에 대한 애정으로 특히 가난한 사람, 약한 사람, 가장 밑바닥에 있는 사람들을 포옹해야 합니다. 오직 사랑으로 봉사하는 사람들만이 보호할 수 있습니다.

이것이 십자가 위에서 희생한 주님의 자비 메시지를 전하며, 기본으로 돌아가 겸손하게 '봉사한다'는 그의 교황 프로그램이다. 구체적으로 봉사하고, 두 팔 벌려 다정하게 환영하며, 모든 인류, 특히 가난하고 비천하고 약한 사람들을 보호한다.

전임 교황 요제프 라칭거의 성명일을 언급한 후, 참석 대표단 인사에서 유대인 공동체 대표에게 확실히 인사를 전했다. 그리고 새로운 교황은 요셉 성인에 대한 강론을 했다. 화려한 교황관을 쓰지 않고, 일어서서 강론을 하며 하느님이 나사렛의 목수에게 맡긴 임무가 '보호자'임을 강조했다.

"요셉 성인은 언제나 하느님에게 주의를 기울이고, 하느님의 현존 신호에 마음을 열고, 하느님의 계획을 받아들임으로써 보호자로서 소명을 따르셨습니다. 그는 하느님의 의지에 따라 인도되었고, 그 때문에 자신이 보호하는 사람들을 세심하게 대할 수 있었습니다. 그는 사물을 사실적으로 볼 수 있습니다. 주위와 소통할 수 있습니다. 그래서 진정으로 현명한 결정을 내릴 수 있습니다. 요셉 성인처럼 기독교인은 예수를 삶 안에서 보호하고, 그럼으로써 다른 사람들과 피조물을 보호할 수 있습니다."

하지만 프란치스코 교황은 '보호자로서의 소명'은 단지 기독교인뿐만 아니라 모든 사람과 관련이 있다고 한다.

"그것은 모든 피조물, 창조하신 세상의 아름다움을 보호한다는 뜻입니다. 하느님의 모든 피조물을 존중하고 우리가 사는 환경을 존중한다는 뜻입니다. 모든 이에게 특히 어린이와 노인처럼 도움이 필요한 사람들에게 사랑의 관심을 보이는 것을 의미합니다."

교황은 계속한다.

"가족 안에서 서로를 아끼는 것을 의미합니다. 남편과 아내는 서로를 아끼고, 부모로서 아이들을 살피고, 아이들도 부모를 보호한다는 의미입니다. 우리가 서로를 믿고, 존경하고, 선으로 서로를 보호하는 진정한 우정을 쌓는 것을 의미합니다. 마지막으로 모든 것이 우리의 보호에 맡겨졌고, 우리 모두는 이에 책임을 져야 합니다."

"이러한 책임을 완수하지 못할 때마다 파괴가 자행되고, 우리의 심장은 딱딱하게 굳어버립니다. 역사 속에는 죽음을 공모하고, 큰 혼란을 불러일으키고, 사람들의 체면을 훼손하는 헤롯 왕과 같은 이들이 존재합니다."

그런 후 프란치스코는 청한다.

"정치적, 경제적, 사회적 삶에 책임을 지는 위치에 있는 사람들과 모든 사람이 피조물의 보호자, 자연에 새겨진 하느님 계획의 보호자, 서로의 보호자, 그리고 환경의 보호자가 되기를 청합니다. 파괴와 죽음의 징조가 세상의 여정에 동반되지 않도록 합시다."

하지만 보호하기 위해서는 '미움, 시기, 자만'이 우리의 삶을 더럽히지 않도록 해야 한다고 설명한다.

교황은 다정함을 여섯 번이나 언급했다.

"보호와 배려에는 선량함과 다정함이 필요합니다. 다정함은 약함의 미덕이 아니라 강한 정신의 징표이자 걱정과 자애, 다른 사람에 대한 진정한 개방 능력입니다. 그러므로 우리는 선량함과 다정함을 두려워해서는 안 됩니다."

"피조물을 보호하기 위해, 모든 남녀를 보호하기 위해, 이들을 다정함과 사랑으로 바라보기 위해서는 희망이라는 지평을 열어야 합니다. 그것은 두꺼운 구름 사이로 뚫고 들어오는 한 줄기 빛과 같습니다."

전 세계 사람들이 교황의 얼굴에 비친 부드럽고 자비로운 모습을 보았다.

10장

프란치스코 교황이
보여주는 비전

그의 겸손함과 절약은 연구해서 나온 행동도, 미디어 전략의 일부도 아니다. 프란치스코 교황은 교황이 된 초기 며칠 동안 중요한 변화의 신호를 보냈다. 웅장한 자동차 행렬을 거절했고, 교황을 가두는 보안 요원도 줄였다. '교황의 방'으로 옮기는 것을 거절해 콘클라베 전에 추기경들이 제비뽑기로 얻은 207호 방에 머물고 있었다.

그리고 사람들과 가까이 지내겠다는 결심이 확실히 그 징표라고 할 수 있다. 자기 개혁을 이끄는 새로운 예이기도 하다. 추기경과 주교들은 이를 시작으로 따를 수 있다. 신앙생활과 동떨어져 살던 사람, 전혀 신앙을 가져본 적 없는 사람들조차 새로 뽑힌 교황을 환영하고, 그의 초기 메시지에 놀라워한다. 어떤 사람들은 언론의 영향이나 세속적인 시사 해설가의 지배에 주의해야 한다고 한다.

이런 생각에 사로잡힌 사람들은 교회와 그 메시지가 많은 사람을 끌어들이고, 사람들의 관심과 동조, 존경을 불러일으키는 것에 불편해한다. 더욱이 신앙을 멀리했던 사람들이 베르고글리오가 선출된 후 교회로 돌아오고, 그의 자비에 대한 강론에 감화받았다. 그렇기 때문에 처음의 큰 변화는 프란치스코의 '새로운 팀'이나 구조적 변화에서 온 것이 아니다.

그렇다고 교황청 내부 개혁의 필요성이 사라지지 않는다. 특히 두 가지 관점에서 꼭 필요한 교황청 내부 개혁이 있다.

첫째는 구조적 측면에서 교황청을 합리화할 수 있는 개혁으로 부서 기능의 통합과 간소화다. 산재해 있는 다양한 교황 평의회들이 통합되면 부서끼리 조율하기가 더 쉬울 것이다. 교황청은 교회를 다스리는 곳이 아니라 교황을 보좌하는 곳이어야 한다. 교황청 내부와 주교단, 지역 교회와 중앙 기구의 신뢰 관계를 형성하는 것이 중요하다.

두 번째는 교황청의 도덕성에 대한 것이다. 최근 몇 년 동안 도덕성이 계속 땅에 떨어지고 있다. 최근의 스캔들과 재정 문제를 처리하는 방식이나 소수집단과 이익집단의 존재가 이 사실을 보여준다. 출세주의를 막는 방법으로 교황청 부서의 수장을 자동적으로 추기경단에 포함시키는 제도를 없앨 수도 있다. 성직자들은 출세를 위해서가 아니라 교황을 보좌하고, 일을 하기 위해 교황청으로 와야 한다.

이런 맥락에서 어느 한 편에 서지 않고, 뒤로 물러나 있으면서도 능숙하게 문제를 분석하거나 자료를 준비하는 능력 있는 관료로 구성된 교황청의 전통적인 스타일이 점차 사라지는 것에 주목해야 한다.

교황청의 개혁은 교회의 바람직한 모습을 따라야 한다. 라칭거 교황이 시작한 새로운 복음화를 위해서는 서로의 신뢰가 필요하다.

전도 측면에서 복음의 간소화는 진정한 변화의 원천이 되고, 교황청이 짊어졌던 부담에서 해방되는 시작이 될 수 있다. 그동안 영성체를 받을 수 없었던 이혼하고 재혼하는 가톨릭 신자들에게 교회 아이들로서 사랑받는다는 느낌을 전해주고, 가톨릭 공동체의 일원으로 받아들이는 방법도 생각할 수 있다.

프란치스코가 선출된 이후 윤리적 주제, 예를 들면 동성애 커플 인정과 같은 주제에 대한 입장을 논의한 적이 있었다. 모든 사람을 환영하고 용서하는 하느님의 실체를 보여주기를 갈구하는 자비와 수용의 메시지는 가톨릭 교의의 근본을 변화시키지 않고 이러한 문제를 다른 방식으로 수용할 수 있도록 했다. 더욱이 베르고글리오의 동성 조합을 결혼에 대입하려는 시도는 잘 알려져 있다.

프란치스코 교황이 당선되어 성 베드로의 중앙 발코니에 나와서 자신을 '로마의 주교'라고 반복해서 불렀을 때 그의 중요한 메시지가 담겨 있다. 이 때문에 자신의 교구인 로마 시민과의 유대감이 프란치스코 교황의 중심이 될 것이라는 생각이 들게 했다.

로마 주교로서 봉사하는 교황에 대한 강조는 가톨릭교회 안에서 주교들의 행정 참여와 그리스 정교회의 세계 교회와의 관계에도 흥미로운 함의를 지니고 있다.

상징적 수장인 콘스탄티노플 총 대주교 바르톨로메오 1세가 교황 취임 미사에 참석해 프란치스코 교황과 오랫동안 대화를 나눈 것은 매우 긍정적인 신호가 되었다.

교황으로서 또 다른 행보는 비오 10세회와 관련된 것이다. 베르고글리오는 아르헨티나에 신학교와 몇몇 교회를 가진 전통주의자 그룹에 대해 확실하게 이야기했다.

2007년 〈30일〉에 실린 스테파니아 팔라스카와의 인터뷰에서 그는 선언했다.

"역설적으로 정확하게 단 하나 남은 신자는 전통주의자나 근본주의자처럼 변합니다. 충실함은 언제나 변화하고, 꽃피우고, 성장하는 것입니다. 주님은 믿는 사람들 안에 변화를 가져오십니다."

그는 또 다른 예로 광신도들이 원칙이라고 합리화하지만 실제로는 사람들의 자유를 빼앗아 그들을 성장할 수 없게 한다고 비판한다. 그러나 부에노스아이레스 추기경은 그 지역에 있는 비오 10세회와 계속 연락하며 솔직하고 진정성 있는 관계를 맺어왔다. 과거 전통적으로 보아왔던 교황의 이미지에 대한 향수를 가진 사람들이 새로운 교황을 비판하는 것은 차치하고, 프란치스코 교황의 연설과 강론에서 발견되는 전통과의 연결성을 높이 평가하는 전통주의자들도 있다.

프란치스코 교황은 당선된 첫날 저녁 신자들이 모인 성 베드로 광장에서 주님의 기도, 성모송, 영광송을 암송하며, 마리아를 언급하고, 성인에 대한 헌신을 숨기지 않았다. 그리고 절제와 검소를 강조하면서도 라칭거식 교황 미사의 근본적인 특징을 지켜나가려고 했다.

흥미로운 것은 유대교와의 관계 발전이다. 베르고글리오는 언제나 유대 공동체와 좋은 관계를 유지해왔고, 2010년에는 부에노스아이레스 랍비 대표 아브라함 스코르카와 공동 집필한 책을 내기도 했다. 하느님, 무신론자, 종교, 그들의 미래, 사도, 기도, 죄, 죽음, 여성, 낙태, 교육, 정치, 경제, 홀로코스트, 종교 간의 대화 등의 주제에 대해 나눈 이야기를 엮은 책이다.

이 책에서 베르고글리오는 이렇게 말한다.

"하느님 안의 저의 소망은 여정 속에 있고, 탐구 속에 있고, 스스로 그것을 찾도록 허락하는 데 있습니다."

베르고글리오는 세상을 이러한 경험의 관점에서 바라본다. 무신론자와의 대화에 대해 그는 이렇게 말한다.

"저는 무신론자를 만나면 그들이 먼저 묻지 않는 한, 하느님에 대한 질문이 아닌 인간적인 질문을 하며 이야기를 나눕니다. 필요하면, 그들에게 왜 내가 믿는지 말합니다. 인간세계는 너무나 풍요로워서 우리가 평화롭게 쌓아온 부를 함께 나눌 수 있습니다. 저는 신자이기 때문에 이러한 풍요로움이 하느님의 선물임을 알고 있습니다."

교황, 유대교 랍비·무슬림 지도자와 포옹. 파격적인 행보를 하고 있는 프란치스코 교황은 2014년 5월 이스라엘에 방문하여 통곡의 벽(서벽)을 찾아 기도했다. 기도를 마친 뒤, 프란치스코 교황은 동행한 아르헨티나의 유대교 랍비 아브라함 스코르카와 무슬림 지도자 오마르 아부드와 함께 포옹했다.

또 다른 대화에서 베르고글리오는 말한다.

"신을 찬양하는 사람은 경험의 결과로 형제에게 정의를 가져올 임무를 지게 됩니다. 이것은 매우 창조적인 정의입니다. 우리는 교육, 사회적 도움, 의무, 다른 사람의 돌봄 등에서 창의적이되어야 하기 때문입니다. 바로 이런 이유로 종교적인 사람은 정의로운 사람이 됩니다. 또 이런 의미에서 정의는 문화를 만듭니다. 우상숭배와 살아 있는 하느님을 섬기는 문화와는 다릅니다. 현대를 사는 우리 사회에는 우상숭배 문화가 팽배해 있습니다. 바로 소비주의, 상대주의, 쾌락주의입니다."

종교적 지도자의 권력에 대한 글도 흥미롭다.

"하느님 백성의 위대한 지도자는 의심하며 방을 떠나는 사람입니다. 모세는 지구에서 가장 온순하고 겸손했습니다. 하느님을 우러르면서, 겸손함 빼고 중요한 것은 아무것도 없습니다. 겸손은 종교적인 지도자가 하느님의 공간을 허락하기 위해 필요한 것이고, 무엇을 해야 할지 모르는 어둠의 내적 경험과 익숙해질 때 필요합니다. 과도하게 권위주의적인 사람이 나쁜 지도자의 전형입니다. 그들은 자신감이 없습니다."

랍비 스코르카도 이에 동의한다.

"유대인의 믿음은 의심이라는 수단으로 표출됩니다. 저는 하느님에 대한 99.99퍼센트의 확신을 갖고 있지만 100퍼센트는 아닙니다. 그 나머지는 인생에서 추구해야 합니다."

이 책에서 그는 교회는 구제 활동을 하는 비정부 조직으로 축소될 수 없다고 말한다.

"저는 종교 단체가 비정부 조직과 비교될 수 없다고 생각합니다. 이 둘의 차이는 성스러움입니다. NGO에서 성스러움은 구성요소에 들어가지 않습니다. 적절한 사회 활동, 정직, 업무를 완성하는 방식, 정치적 논리 등으로 구성됩니다. 이런 것들은 세속적인 방식에서 기능합니다. 하지만 종교에서 성스러움은 그 지도자가 면할 수 있는 것이 아닙니다."

부에노스아이레스 추기경이 성직자 양성에 관련해 후보자를 뽑는 기준에 대해 말하는 부분도 흥미롭다.

"우리는 지원자의 40퍼센트만 신학교에 받습니다. 아마도 심리적 현상 때문이겠지요. 외적인 안정을 추구하는 병과 신경증이라고 할 수도 있습니다. 인생에서 목적을 이루지 못한 사람들은 자신들을 보호해줄 기관을 찾는데, 그 가운데 하나가 성직자가 되는 것입니다. 그래서 우리는 눈을 부릅뜨고 성직자에 관심을 드러내는 사람을 잘 찾아내려고 노력합니다. 1년 동안 함께 지내면서 소명이 있는 사람과 단순히 피난처를 찾거나 하느님의 부르심이라고 착각하는 사람을 구분합니다."

성경학자인 마테오 크리멜로 신부는 랍비와 주교가 기도에 대해 이야기하는 부분이 가장 감동적이라고 말한다.

랍비 스코르카가 말한다.

"기도는 사람을 통합합니다. 우리가 정확히 같은 말을 하는 순간이기 때문이지요."

베르고글리오도 이에 동의한다.

"기도는 자유로운 행위입니다. 그리고 말하고 듣는 행위이기도 합니다. 엄숙한 침묵과 찬양의 순간입니다."

랍비와의 대화는 20세기의 주요 이념에 대해서도 다룬다.

"기독교가 공산주의와 고삐 풀린 자본주의와 함께 격렬하게 비난하는 것이 있습니다. 바로 해외로 돈을 빼돌리는 행위입니다. 돈은 명확히 출처가 있고, 한 나라에서 부를 쌓은 사람이 그 돈을 다른 곳으로 빼돌리기 위해 죄를 저지릅니다. 그만큼 부를 쌓기 위해서 일한 사람들과 그 나라를 배려하지 않는 것입니다."

그는 돈세탁에 관련해 마약 운반책을 거론한다.

"피 묻은 돈은 받을 수 없습니다."

교회의 부와 관련한 부분도 중요하다.

"그들은 언제나 바티칸의 부에 대해서 이야기합니다. 종교는 운영을 하기 위해서 돈이 필요합니다. 그리고 그 돈이 은행으로 들어가면 불법이 아닙니다. 바티칸 계좌로 흘러가는 돈은 버림받은 사람들, 학교, 아프리카, 아시아, 라틴아메리카의 빈민에게 쓰여야 합니다."

그러면서도 성 로렌스의 순교와 로마의 가난한 사람들을 보호하는 것에 대해서도 잊지 않는다.

"가난한 사람들은 교회의 보물입니다. 우리는 그들을 보살펴야 합니다. 우리가 그런 비전을 가지고 있지 않다면, 열정이 없는 힘이 없는 교회를 만들고 말 것입니다."

우리는 IOR 바티칸 은행 역시 종교 활동을 위한 제도라고 확신한다. 그것이 계속 존재하려면 그 이름을 영광되게 해야 한다. 더 이상 지난 수십 년 동안 공공연한 비난의 대상이 되도록 해서는 안 된다.

기독교가 존재하는 형태에 대한 랍비와의 대화에서 베르고글리오는 이렇게 말한다.

"역사를 보면 가톨릭의 종교적 형태는 매우 다양합니다. 예를 들면 현세의 지위가 영적 지위와 결합되었던 교황의 지위를 생각해봅시다. 그것은 기독교의 붕괴를 가져왔고, 주님의 의도와도 일치하지 않았습니다. 그렇기 때문에 역사 속에서 큰 발전을 이루려면, 앞으로의 교회는 그 시대의 문화에 적응해야 합니다. 종교와 문화의 대화는 제2차 공의회의 핵심 사항 중 하나였습니다. 교회의 또 다른 원칙은 계속적인 변화이고, 그 변화는 시간에 따라 다른 모양을 보이지만 도그마는 변하지 않습니다."

이 책에는 재치 있는 논평과 일화가 많이 담겨 있다. 사제가 수단을 입어야 할지 말아야 할지에 대한 내용도 있다.

베르고글리오는 이 주제에 대해 젊은 사제와의 대화를 인용한다.

"사제복을 입느냐 마느냐의 문제가 아닙니다. 그 옷을 입고 팔을 걷어붙이고 다른 이를 위해서 일을 하느냐입니다."

새로운 교황은 라틴아메리카에 널리 퍼진 복음의 파벌을 잘 알고 있다.

복음주의 기독교의 세계적 지도자 루이 팔라우는 베르고글리오와의 우정에 대해서 말한다. 그리고 부에노스아이레스의 목사 후안 파블로 본가라는 말한다.

"그분은 우리에게 자신을 위해 기도해 달라고 청하십니다."

"베르고글리오와 함께 있을 때면 그가 하느님 아버지를 개인적으로 알고 있는 듯한 인상을 받아요."

팔라우는 인터뷰에서 이렇게 말한다.

"그가 기도하는 방식, 하느님에게 말하는 방식은 예수그리스도를 잘 아는 사람의 기도이고, 영적으로 하느님과 매우 친밀해 보입니다. 그래서 기도하는 데 노력이 필요하지 않습니다."

인터뷰의 가장 흥미로운 부분은 베르고글리오 교황과 복음주의 기독교의 관계에 대한 것이다.

"저는 긴장을 완화해줄 교황을 보게 될 것이라고 생각합니다. 물론 모든 것에 동의하게 될 것이라는 의미는 아닙니다. 그는 로마 교회의 교황이고 우리와 대치해야 할 문제들이 있습니다. 기도하며, 성경에서 해답을 찾아야 하는 문제도 있습니다. 교리 자체에 차이가 있지만 서로에 대한 열린 마음과 하느님의 말씀을 들을 태도가 있다면, 하느님께서 빛을 내려주실 것입니다."

"많은 가톨릭 신자들이 남미에 삽니다."

팔라우 목사가 〈크리스채너티 투데이 Christianity Today〉와 가진 인터뷰 내용이 '바티칸 인사이더'에 다시 실렸다.

"수백만 명이 복음주의 기독교로 발을 돌린다 해도 남미의 70

퍼센트 이상은 여전히 로마 가톨릭이라고 선언할 것입니다. 수십 년 전에 대립적인 자세가 있었고 그다지 유쾌하지 않았습니다. 신자들끼리 물리적으로 충돌한 장소도 있었지만, 이제는 50년 전과 같지 않습니다. 이제 그 긴장은 더욱 신학적이 되었습니다."

팔라우는 프란치스코 교황과 함께한다면 갈등은 없을 것이라고 생각한다.

"그는 아르헨티나 추기경으로 있으면서 이를 계속 증명해 보였습니다. 서로에 대한 존경을 나타내고, 연결고리를 만들며 차이를 인식하면서도 우리가 합의를 이룰 수 있는 것에 집중했습니다. 예를 들면 예수의 신성함과 처녀 강탄, 부활, 재림에 대한 것들입니다."

신학적 견지를 넘어서 개인적인 관계를 말하기도 한다. 루이 팔라우는 베르고글리오가 대주교 행정실 직원 중에 복음주의 기독교 신자인 회계사가 있다고 말한 일화를 전한다.

베르고글리오는 이렇게 말했다고 한다.

"나는 그를 신뢰할 수 있습니다. 우리는 몇 시간 동안 성경을 함께 읽고, 기도하고, 마테차를 마시기 때문입니다."

2012년 2월 베네딕토 16세는 새로운 추기경들을 뽑기 위해 마지막이 될 회의를 소집했다. 이 자리에서 라칭거 교황은 겸손함과 봉사 정신을 호소하는 강론을 했다.

베르고글리오 추기경은 로마에 오지 않았다. 나는 전화로 교황의 강론과 바티리크스와 관련해 그 당시 로마 교황청이 겪고 있는 상황에 대한 인터뷰를 요청했다. 교황 서재에서 기밀문서가 유출된 사건이 한 달 전에 수면 위로 떠올랐지만, 베네딕토 16세의 집사가 범인이라는 사실은 아직 모르고 있는 상태였다.

다음은 내 질문과 그의 답변을 옮긴 것이다. 인터뷰 내용은 '바티칸 인사이더'에 실렸다. 그는 언제나 기자들과 대화 끝에 하는 것처럼 나에게 말했다.

"제가 한 말이 쓸모 있겠습니까?"

질문 | 신앙의 해를 제정하고, 새로운 복음화를 주장한 결정의 배경은 무엇이라고 생각하십니까?

대답 | 베네딕토 16세는 신앙의 쇄신을 가장 우선에 두어야 하고, 신앙은 대대로 물려주는 선물이 되고 다른 사람에게도 나누고, 함께하는 무상의 행동이 되어야 한다고 말씀하셨습니다. 그것은 소유가 아닌 사명입니다. 신앙의 해를 통해 우리가 받은 선물에 대한 기억을 기념하려는 목적이 가장 큽니다. 그리고 이 기억을 떠받치는 세 기둥이 있습니다. 선택받은 기억, 우리와 한 약속의 기억, 하느님이 우리에게 만들어주신 동맹입니다. 우리는 이 동맹을 쇄신하고, 하느님의 신앙 공동체에 소속감을 느껴야 합니다.

질문 | 남미에서는 복음화가 어떤 의미를 지닐 수 있을까요?

대답 | 그 배경은 2007년 아파레치다에서 열린 제5회 남미 주교총회였습니다. 우리에게는 대륙적 차원의 미션이었습니다. 대륙

전체가 전도의 임무를 갖고 있었습니다. 계획을 세우고 계속 수정해갔지만, 기본적 관점은 여전히 남아 있었습니다. 교회의 일상적 활동이 전도의 관점에서 이루어진 것뿐입니다. 그래서 중앙과 지역, 본당과 지역 사이에 강한 긴장이 존재할 수밖에 없었지요. 우리는 자신에게 나와서 지역으로 나가야 합니다. 교회가 자기만의 세계에 갇혀 있는 영적인 병을 피해야 합니다. 이렇게 되면 교회는 점점 병들게 됩니다. 거리로 나간다는 것은 사건이 일어날 위험을 내포하고 있는 것도 사실입니다. 하지만 교회가 자기 안에만 갇혀 있다면 늙어버립니다. 거리로 나가 상처 입은 교회와 문을 걸어 잠근 병든 교회를 선택하라고 한다면, 저는 분명 전자를 선택할 것입니다.

질문 ┃ 아르헨티나, 특히 부에노스아이레스에서 당신의 복음화 경험은 무엇입니까?

대답 ┃ 우리는 교구와 관련이 없는 가정과 연락합니다. 영접하고 앉아서 받는 교회가 아니라, 직접 나가서 교회의 삶에 참여하지 않는 사람들에게 다가가고, 신앙에 무관심하고 동떨어진 사람에게 다가갑니다. 우리는 많은 사람들이 모이는 광장에서 전도를 조직하고, 기도하고, 미사를 봉헌하고, 간단한 준비를 마치고 영성체를 제안합니다. 이것이 우리 교회와 교구의 스타일입니다. 그 외에도 멀리 있는 사람들에게 디지털 기기나 인터넷, 문자를 통해 닿을 수 있습니다.

질문 ｜ 회의 때 한 연설과 2012년 2월 19일 일요일의 강론에서 교황은 추기경은 봉사직이고, 교회가 그 직위를 만들지 않는다는 사실을 강조했습니다. 이러한 베네딕토 16세의 말씀에 대해 어떻게 생각하십니까?

대답 ｜ 저는 교황이 일깨우는 이미지에 감동했습니다. 야고보와 요한에 대해 말씀하시고, 누가 제일 처음인가에 대한 문제로 서로 경계하는 제자들의 긴장을 말씀하셨습니다. 그런 태도와 논쟁은 처음부터 교회에 존재해왔음을 보여줍니다. 추기경은 봉사직입니다. 어떤 훈장이 아닙니다. 자신을 뽐내는 허영은 영적 세속성의 태도이며, 교회 안에서 이루어지는 가장 나쁜 죄입니다. 영적 세속성은 앙리 드 루박이 쓴 《교회의 화려함 The Splendor of the Church》이라는 책의 마지막 페이지에 나오는 말입니다. 영적 세속화는 종교적 영지주의를 가진 종교적 인간주의의 형태입니다. 세속주의와 출세주의는 영적 세속성의 범주에 들어갑니다. 허영의 실체를 보여주는 예를 들어보겠습니다. 공작을 보십시오. 앞에서 보면 아름답습니다. 하지만 뒤에서 보면 진실을 발견합니다. 허영심에 빠진 사람은 언제나 그 안에 거대한 빈곤을 감추고 있습니다.

질문 ｜ 그렇다면 추기경의 진정한 봉사는 어떤 것입니까?

대답 ｜ 추기경은 NGO의 대표가 아닙니다. 성령으로 고무되는 하느님의 종입니다. 하느님은 카리스마 사이에서 진정한 변화를 만들고, 교회의 통일을 가져오는 분입니다. 추기경은 이러한 변화하는 카리스마를 받아들임과 동시에 통합을 위해 나아가야 합니다. 그리고 성령이 변화와 통일의 주체라는 사실을 인식해야 합니다. 그렇게 하지 못한다면 베네딕토 16세가 원하는 추기경이 아닐 것입니다.

11장

기본으로
돌아가라

부 에노스아이레스 대주교 행정처에 있는 베르고글리
오 추기경의 집무실은 비서실만 한 크기였다. 그는
우월함과 권력의 상징인 가장 위층에 있는 대주교
집무실을 원한 적이 없다. 콰라치노 추기경의 총대리로 일할 때
썼던 방을 그대로 쓰고 있었다.

세르히오 루빈과 프란체스카 암브로게티는 《예수회》에서 '무
척 검소한 방'이라고 표현했다. 방 한쪽에는 나무 침대와 조부모
님이 준 십자가가 있다. 그리고 전기 히터가 있다. 베르고글리오
는 모든 직원이 대주교의 집무실에 있지 않으면 히터를 틀지 않
았다. 매주 화요일에 청소하는 사람이 와도 매일 아침 자기 침대
를 정리했다.

방 맞은편에는 개인 예배실이 있다. 옆방은 책과 서류로 가득
한 서재다. 그중에는 '영적 강렬함을 느낀 사제 서품을 받은 직후
에 썼던, 지금은 색이 바랜 자신의 신앙고백도 있었다.

 따뜻한 리더, 교황 프란치스코

나는 나를 아들로 사랑하시는 하느님 아버지와 나의 삶에 성령을 불어넣어 나를 미소 짓게 하고, 영원한 생명의 왕국으로 이끄시는 주 예수를 믿습니다.

나는 하느님의 사랑의 시선에 고정되었던 9월 21일 봄날, 그를 따르라고 초대한 만남을 이끌어주셨던 그때를 믿습니다.

나는 내가 몸을 숨겼던 이기주의로 인한 고통을 믿습니다.

나는 주는 것 없이…… 베풀지 않으며 채우기를 갈구하는 영혼의 비참함을 믿습니다.

나는 사람들이 선한 것을 믿으며, 내 자신의 안위를 위해 그들을 배신하지 않고 두려움 없이 그들을 사랑해야 함을 믿습니다.

나는 종교적인 삶을 믿습니다.

나는 사랑하고자 하는 마음을 믿습니다.

나는 내가 도망치려 했던 일상의 죽음을 웃으며 받아들이게 하심을 믿습니다.

나는 여름밤처럼 따뜻하고 선한 하느님의 인내를 믿습니다.

나는 아버지 '호세 베르고글리오'가 천국의 하느님 곁에 있는 것을 믿습니다.

나는 두아르테 신부님도 천국에서 나의 사제직을 조율해주심을 믿습니다.

나는 성모마리아께서 나를 사랑하고, 나를 버리지 않으실 것을 믿습니다. 사랑과 힘, 배신과 두려움이 가득한 일상 속에서 경험하는 놀라움이 아직은 알지 못하지만 알고 싶고 사랑하고 싶은 내가 계속 도망쳐왔던 그 경이로운 얼굴을 만나는 날까지 함께함을 믿습니다. 아멘.

신앙고백에서 나온 두아르테 신부는 17세의 호르헤 마리오가 본당 교회에서 고해성사를 했던 사제다. 하느님의 부르심을 발견한 결정적인 만남이었다.

새로운 교황은 리지외의 성녀 데레사에 매우 헌신적이다. 추기경 회의에 참석하려고 로마에 왔을 때 그는 보르고에 있는 산타 마리아 아눈지아타의 작은 성당에 들르곤 했다. 바티칸을 흐르는 티베르 강가에 있는 이 작은 성당은 베드로 성전 근처에 있다. 베르고글리오 신부는 성직자 숙소가 있는 스크로파에서 바티칸으로 가다가 이곳을 발견한 뒤로는 매일 들러서 기도를 하곤 했다.

1998년부터 이곳을 맡아온 프란치스코 원죄 없는 마리아 수사회는 2002년 10월 아침 9시면 어김없이 오는 한 신부를 알아보았다. 그는 아기 예수와 데레사 성녀의 상 앞에서 기도하고, 헌신한 후 돌아갔다.

"그는 그렇게 젊은 사제는 아니었어요."

이 수사회의 페이스북에 로자리오 사마르코 신부가 올린 내용이다.

"하지만 키가 크고 열정적이었습니다. 언제나 그 시간에 와서 경건하지만 단순한 행동으로 호기심을 자아냈습니다. 기도가 끝나면 나이 든 여성들이 하는 행동을 하셨어요. 바로 동상을 만지고 입 맞추는 거죠. 수사들이 그 신부님이 붉은 단추가 달린 수단을 입었다는 사실을 알고 호기심이 더 커졌습니다. 추기경이야? 하지만 누구지?"

성구보관실에서 일하는 안셀모 M. 마르커스 수사는 그에게 누구인지 직접 가서 물어봤다고 한다. 베르고글리오 신부는 자신을 부에노스아이레스의 추기경이라고 소개했다고 한다.

새로운 교황은 교황 취임 미사 전날 아르헨티나 대통령과 점심 식사를 하며 데레사 성녀의 헌신의 증표인 하얀 장미를 주었다.

프란치스코는 교황으로 선출되고 첫 몇 시간 동안 로마와 부에노스아이레스에 있는 친구들에게 전화를 했다. 몇 명은 3월 17일 일요일 성 안나 성당에서 열리는 미사에 초대받았다. 교황이 전화를 건 사람 중에는 마요 광장 근처에서 신문 가판대를 하는 다니엘도 포함되어 있었다.

교황은 그에게 전화해서 고맙다는 인사와 함께 일간지 〈라 나시온 La Nacion〉과 〈클라린 Clarín〉 구독을 그만두겠다고 알렸다.

그 말을 들은 다니엘은 자기 귀를 의심하며, 상대방이 농담을 하는 줄 알았다고 한다.

교황은 3월 18일 월요일에 전화를 했다.

"안녕하세요, 다니엘. 호르헤 신부입니다."

"왜 이래 마리아노. 바보같이. 그러지 마."

다니엘은 친구가 장난하는 줄 알았다.

"정말로 호르헤 베르고글리오입니다. 로마에서 전화하는 거예요. 지난 몇 년 동안 신문을 보내주어서 감사드립니다. 그런데 이제 신문 배달 안 해주셔도 되겠습니다."

교황이 직접 말한 내용이었다.

다니엘은 그때의 기분을 이렇게 말한다.

"너무 놀라서 소리를 지를 뻔했어요. 뭐라고 해야 할지도 모르겠고요. 나는 신부님이 너무 그립다고, 우리가 곧 볼 수 있을지 물었어요. 그랬더니 가까운 시일 내에는 조금 어려울 것 같다고 하셨어요. 하지만 언제나 우리와 함께한다고 하셨습니다."

교황으로 선출된 다음 날에는 짐을 직접 싸고 숙소에 비용을 지불한 교황, 친구들에게 전화하는 등 여전히 평소 모습을 보여주는 교황.

《예수회》를 쓴 세르히오 루빈과 프란체스카 암브로게티에게 교황은 말한다.

"저는 하느님의 자비가 특별하게 사랑한 죄인입니다."

그리고 자신을 설명하는 질문에 대해서 대답한다.

"호르헤 베르고글리오 신부."

옮긴이 | 이순미

서강대학교 영문학과를 졸업했다. 오랫동안 영어 관련 도서 출판 전문인으로서 어린이, 성인 영어 교재를 기획하는 일을 해왔다. 현재는 번역 및 영어책 기획을 하고 있다.
옮긴 책으로 《옛날이야기처럼 재미있는 아티코스의 그리스 신화》, 《열두 개의 바람》 등이 있다.

따뜻한 리더,
교황 프란치스코

초판 1쇄 인쇄 2014년 6월 16일
초판 1쇄 발행 2014년 7월 1일

지은이   안드레아 토르니엘리
옮긴이   이순미

발행인   이정식
편집인   신휘선
편집장   신수경
편집   한지은
교정교열 고영숙
본문사진 연합뉴스
디자인   디자인 봄에 | 신인수
영업   안영배, 김재연
제작   주진만

발행처   ㈜서울문화사
등록   1988년 12월 16일(제2-484호)
주소   서울시 용산구 한강대로 43길 5
편집문의 02-791-0703~4 | **구입문의** 02-791-0762
이메일   book@seoulmedia.co.kr

ISBN 978-89-263-9665-0 (13880)